Der Ruf der Arena

Buch 4 der Abenteuer in Brad

von

Tao Wong

Übersetzt von Tamara Peiter

Copyright

Dies ist ein fiktionales Werk. Namen, Charaktere, Unternehmen, Orte, Ereignisse und Begebenheiten sind entweder Produkte der Fantasie des Autors oder werden in fiktiver Weise verwendet. Jede Ähnlichkeit mit tatsächlichen lebenden oder toten Personen oder tatsächlichen Ereignissen ist rein zufällig.

Dieses E-Book ist nur für den persönlichen Gebrauch lizenziert. Dieses E-Book darf nicht weiterverkauft oder an andere Personen weitergegeben werden. Wenn Sie dieses Buch mit einer anderen Person teilen möchten, erwerben Sie bitte für jeden Empfänger ein zusätzliches Exemplar. Wenn Sie dieses Buch lesen und es nicht gekauft haben, oder es nicht nur für Ihren Gebrauch gekauft wurde, gehen Sie bitte zu Ihrem bevorzugten E-Book-Händler und kaufen Sie Ihr eigenes Exemplar. Danke, dass Sie die harte Arbeit dieses Autors respektieren.

Ein Starlit Publishing Buch

Herausgegeben von Starlit Publishing

PO Box 30035

High Park PO

Toronto, ON

M6P 3K0

Canada

www.starlitpublishing.com

Ebook ISBN: 9781990491030

Broschiert ISBN: 9781990491047

Bücher in der Serie
Die Abenteuer in Brad

Das Geschenk eines Heilers

Das Herz eines Abenteurers

Die Seele eines Dungeons

Der Ruf der Arena

Die Bindung des Abenteurers

Die Stille des Waldes

Die Anforderungen einer Gilde

Die Gefahren einer Hauptstadt

Ein königliches Ende

Inhalt

Kapitel 1

Durch ein einfaches Metalltor getrennt vom Heldentrio lag der drei Meter lange, grün leuchtende, geschuppte und gedrungene Erpel dösend in der von Mana erleuchteten Höhle. Umgeben von kaltem Stein schlummerte der Erpel unruhig vor sich hin, die Stille wurde nur durch das langsame Tröpfeln von Wasser unterbrochen, das in der Ecke eine Pfütze bildete. Das Trio beobachtete, der Erpel gähnte träge und zeigte das Innere seines rosafarbenen Mauls, das mit Reihen von scharfen, tödlichen Zähnen gefüllt war.

„Diese Überraschungen gefällt mir nicht", sagte Omrak leise, während sich das Trio rückwärts vom Metalltor entfernte. Der riesige blonde Nordländer griff über seine breiten Schultern und zog sein großes Zweihandschwert aus der Scheide, um die Klinge zu begutachten.

„Gut, es ist nur ein einzelner Dungeon-Champion", sagte Daniel Chai, während er seinen Schild zurechtrückte. Seine Plattenrüstung klirrte leicht, als er sich bewegte, und der kleinere, schmaläugige und flachnasige Abenteurer fügte hinzu: „Ich mag die Abwechslung, nachdem ich gegen all diese Echsen gekämpft habe."

„Pech gehabt", zischte Asin, ihr pelziger Schwanz peitschte neben ihr, während ihre Katzenohren zuckten und krallenbewehrte Hände die Erde kneteten, auf der sie hinter ihnen ihr Umfeld beobachtete. Ihr kurzer Mantel bedeckte ihren Körper und half ihr, sich in den Schatten zu verstecken, die sie instinktiv gefunden hatte, wodurch ihr dunkles Fell nicht auffiel.

„Ich stimme Heldin Asin zu", knurrte Omrak. „Ein Erpel ist wesentlich zäher als das, womit wir es bisher zu tun hatten."

„Zu schwer für uns?", fragte Daniel, dessen Augen sich noch mehr zu Schlitzen verengten. Obwohl er kein Anfänger-Abenteurer mehr war, wusste Daniel, dass er immer noch neu im Abenteurerleben war. Es war noch nicht einmal zwei Jahre her, dass er seinen Lebensstil als Bergmann hinter sich gelassen hatte.

„Für uns Helden? Nein. Wir sollten in der Lage sein, diesen Gegner zu besiegen", sagte Omrak mit neuer Zuversicht. Der Teenager ließ ein Grinsen aufblitzen und schwang träge das Schwert in seiner Hand, während er sich aufrichtete. „Ich rate nur zur Vorsicht, um übermäßiges Selbstvertrauen zu zügeln. Ein Held muss sich selbst kennen."

Asin schnaufte leicht, ihr Rücken wölbte sich und ihr Schwanz richtete sich für eine Sekunde auf, während sich ihre Katzenohren nach unten neigten. Daniel hustete zur gleichen Zeit, um das sprudelnde Lachen zu stoppen. Omrak sagte ihnen, dass sie nicht übermütig sein sollten. Daniel ertappte sich dabei, wie er lächelte, der Anflug von Besorgnis verblasste.

„Fang an", sagte Asin und ging hinüber zu dem hölzernen Hebel, der das Tor steuerte. Sie betrachtete ihre Freunde ein letztes Mal, um ihre Zustimmung zu erhalten, bevor sie an dem Hebel zog. Daniel schob sich nach vorne, seine schwere Armbrust in der Hand, ein kugeliger Bolzen im Anschlag.

Mit einem Kreischen hob sich der Flaschenzug unter dem Klirren von Ketten. Als das Geräusch in der Höhle widerhallte, erwachte der Erpel aus seinem Schlaf. Er drehte seinen langen, gewundenen Hals in Richtung der Geräuschquelle und fauchte Omrak an, der gerade dabei war, sich unter der aufsteigenden Blockade hindurchzuducken.

„Kommt. Lass uns kämpfen und unsere Würdigkeit beweisen!", brüllte Omrak seine Herausforderung und hielt die Aufmerksamkeit des Ungeheuers aufrecht, während er darauf zuging. Sein einfacher schwarzer Lederpanzer aus Monsterhaut war der einzige Schutz des

Nordländers. Im Gegenzug brüllte der Erpel seine Herausforderung zurück.

„Gut", flüsterte Daniel, die Armbrust eng an seine Schulter gepresst, während er in die Hocke ging. Er drückte sanft den Abzug, die Armbrust schlug zurück, als er das offene Maul des Monsters anvisierte. Ohne sich dessen bewusst zu sein, hielt Daniel den Atem an, als der Bolzen durch die Luft wirbelte, das offene Maul verfehlte und in den Hals der Kreatur einschlug. Eine kleine Explosion entstand, als der explosive Bolzen auslöste, Schuppen abriss und das Monster erneut zum Schreien brachte.

„Verfehlt!", lachte Asin und schleuderte ein Messer unter der Hand. Das Messer glühte, während es durch die Luft flog, als Asin den *Durchbohrenden Schuss* aktivierte und das Wurfmesser sich in das Maul des Erpels bohren ließ. Das Monster brüllte, der Schmerz ließ die Kreatur um sich schlagen. Sein langer Schwanz schwang herum und raste wie das Ende eines

Katapults auf Omrak zu, der nach vorne gestürmt war, um den Abstand zu verringern.

Omrak knurrte, als er den Angriff abblockte, das Schwert angewinkelt haltend, als der Schwanz gegen die Waffe und seinen Körper prallte. Die Füße des riesigen Nordländers rutschten nach hinten, gruben sich in den Boden und warfen Erde auf, bevor der Schwung des Monsters schließlich zum Stillstand kam. Omraks Schwert glühte leicht unter seinem Geschick, der Schwanz des Erpels war von dem geblockten Schlag eingekerbt, die Schuppen zerquetscht, und das Blut begann zu tropfen. Asin nutzte das kurzzeitig verlangsamte Anhängsel und sprang am Körper der Kreatur hoch, bevor sie sich in die Luft schleuderte. Die Messer unter sich haltend, landete sie mit einem Aufprall auf dem Rücken des Monsters. Der Erpel bäumte sich vor Schmerz auf und brüllte noch einmal, um die Catkin abzuwerfen, während sie ihre Füße um seinen Körper schlang.

„Was war das?", rief Daniel, während er vorwärtsstürmte, seine Armbrust ablegte und seinen verzauberten Hammer und Schild zog. Als der Erpel seinen Kopf in seine Richtung schwang, schlitterte er und kämpfte auf losem Sand und glattem Stein um Halt.

Asin ignorierte den ungläubigen Ausruf ihres Partners und war zu sehr damit beschäftigt, eine Schuppe vom Rücken des Monsters zu hebeln. Selbst während sie das tat, sprangen Wellen aus Elektrizität von ihrem Körper in den des Erpels. Die verzauberten Armschienen, die sie trug, zogen kontinuierlich Elektrizität aus der Umgebung und ihrer Aura und erdeten sie im Körper ihres Gegners.

Omrak knurrte und schwang sein Großschwert mit beiden Händen, als er auf den Erpel einschlug. Wut durchströmte seinen Körper, weil er im Gegensatz zu seinen

Freunden ignoriert wurde, und der Nordländer schlug zu, wieder und wieder, und tauschte Wildheit gegen Geschicklichkeit. Selbst als er sich nach einem Stolpern wieder aufrichtete, überstreckte er sich und war gezwungen, sich zu Boden zu werfen, um einer greifenden Klaue zu entkommen.

Daniel kämpfte sich auf die Beine und rannte nach vorne, konzentrierte sich und löste sein Skill *Schildschlag* aus. Die Attacke schleuderte den ausladenden Kiefer des Monsters in die Luft, während er mit den Füßen nach vorne stieß. Mit schnellen Schritten schwang Daniel den Stachel seines Hammers in die freiliegende Wunde im Hals des Erpels, als sich der Kopf durch den ersten Angriff zurückzog. Der Stachel versank fast bis zum Anschlag, bevor er herausgerissen wurde, und kurz darauf folgte eine Flut von Blut.

Der Erpel zischte vor Schmerz und schwang seinen Kopf in Daniels Richtung.

Diesmal konnte Daniel ihn nicht rechtzeitig abblocken, der Schlag schleuderte ihn über den Boden und er landete an der Wand. Auf dem Boden liegend stöhnte Daniel auf, dankbar, dass die Plattenrüstung, die er trug, den Großteil des Aufpralls abfederte. Er konzentrierte sich für einen Moment und ließ ein *Zeichen des Heilers* auf seinen Körper wirken, um den Heilungsprozess zu starten und die beginnenden Prellungen und Zerrungen zu behandeln.

„Nein, dein Kampf ist mit mir!", brüllte Omrak, als der Erpel versuchte, sich auf Daniel zu stürzen. Sein Schrei löste seinen Skill *Herausforderung des Nordens* aus und lockte die unwillige Gestalt des Erpels dazu, ihn erneut anzugreifen. Mit gesenktem Kopf schlug er mit seiner Vorderklaue zu, wurde aber von Omraks Großschwert geblockt.

Grinsend stand Daniel auf und rückte seinen Helm zurecht, bevor er loslief und Omraks fortgesetztem Spott und Asins Gejaule lauschte, während ihre Verzauberungen ihren Tribut am Körper des Monsters einforderten. *Zeit, das zu beenden*, dachte Daniel.

***

Als der Erpel ein letztes Gebrüll von sich gab und fast auf Omrak zusammenbrach, atmete Daniel erleichtert aus. Asin versuchte, sich vom Boden abzustützen, doch Daniel drückte sie mit einer Hand wieder nach unten.

„Leg dich verdammt noch mal hin!", knurrte Daniel. „Ich muss erst deine Hüfte richten, wenn du nicht willst, dass sie schief heilt."

„Das tut weh!", jaulte Asin, fügte sich aber. Ihre Krallen kneteten den losen Sand, während sie sich auf den Leichnam des großen Dungeon-Champions konzentrierte. Der Champion glühte für einen Moment, sein Körper brach auseinander, als das Mana, das ihn zusammenhielt, sich auflöste. Mit einem leichten Klirren fiel der blaugraue Manastein auf den Boden und ließ Asin fast wieder aufstehen. Nur ein blitzartiger Schmerz, als Daniel ihre Hüfte richtete, hielt sie auf.

„Ah, hier ist die Truhe!" Omrak trampelte fröhlich zur Truhe hinüber und auf Asins goldgefüllten Schatz zu. Mit einer unvorsichtigen Bewegung öffnete Omrak die Truhe, die Neugierde trieb ihn an. Zu spät bemerkte Daniel die Unachtsamkeit des Nordländers, als die Truhe eine Gaswolke in Omraks Gesicht entließ. Hustend und sich das Gesicht abwischend, taumelte Omrak zurück.

„Idiot. Du sollst erst nachsehen!", knurrte Daniel, als er den Zauber *Kleine Heilung (II)* auf Asin beendete, bevor er zu Omrak hinüberging. „Halt still." Mit geschickten Bewegungen packte Daniel den Nordländer an seiner Ledertunika und spritzte ihm Wasser ins Gesicht.

„Held Daniel. Ich kann nichts sehen", sagte Omrak, seine Stimme höher als normal, fast panisch.

„Ist schon gut. Halte einfach still", sagte Daniel beruhigend. Eine Hand bewegte sich, um den Arm des blonden Riesen zu ergreifen, der nötige Hautkontakt, den Daniel brauchte, um seine Gabe auszulösen. So nannte es die Gesellschaft – eine Gabe –, aber für Menschen wie Daniel, die mit einer unerklärlichen Kraft geboren wurden, war sie oft eine Last – denn jede Gabe hatte ihren Preis.

Als Daniel seine Gabe in Omraks Körper entsandte, strömte eine Flut von Informationen in seinen Geist. Die leicht gezerrte Kniesehne. Der verstauchte Knöchel. Der Ballenzeh, der an Omraks Fuß wuchs. Das Gift, das in Omraks Augen eingedrungen war und die Nerven blockierte, die das Sehen ermöglichten. All das und noch mehr drängte sich in Daniels Bewusstsein. Es bedurfte nur eines sanften

Stupses, der geringsten Kraftanstrengung, um den Heilungsprozess zu beginnen. Und alles, was es Daniel kostete, war eine Erinnerung, ein Moment seines Lebens. Daniel spürte, wie sie ihm wieder entglitt wie ein Aal aus der Hand eines Kindes.

„Jetzt komm her." Daniel führte Omrak an die Wand und setzte den Mann sanft hin. „Dein Augenlicht wird in Kürze zurückkehren. Bis dahin bleibst du sitzen und denkst darüber nach, was du getan hast, du großer Trottel."

„Ich bitte um Entschuldigung, Held Daniel", grummelte Omrak und wippte beschämt mit dem Kopf.

„Keine Fallen", verkündete Asin triumphierend hinter den beiden, nachdem sie sich die Zeit genommen hatte, die einst versperrte Truhe zu begutachten. Die Catkin griff hinein und fischte einen einzigen Gegenstand heraus – ein gebogenes Messer in einer Scheide. Bei näherer Betrachtung bemerkte die Gruppe Runen, die darauf hinwiesen, dass die Waffe wahrscheinlich verzaubert war.

„Nur eins?", fragte Daniel, wobei sich Enttäuschung in seine Stimme mischte. Immerhin hatte Karlak ihnen zwei Gegenstände in der letzten Truhe gegeben.

„Eins", nickte Asin, die Ohren leicht nach unten gerichtet, den Schwanz hängen lassend.

„Was! Gibt es nur einen Schatz?", rief Omrak, als er sich auf die Füße stieß und mit den Händen vor sich herumfuchtelte.

„Setz dich", schnauzte Daniel Omrak an. „Und ja, es gibt nur einen."

„Glaubst du, die Falle hat das andere zerstört?", fragte Omrak schuldbewusst.

„Nein", sagte Asin schnippisch, bevor sie zu dem Nordländer hinüberging und den Manastein aus seinem Beutel nahm.

„Was …? Bist du das, Asin?", sagte Omrak und klopfte auf seinen gerade geleerten Beutel.

„Warte! Du hast nur den Stein genommen, richtig? Asin?“

„Sie ist weg“, seufzte Daniel und schüttelte den Kopf. Zum Glück hatte der Peel-Dungeon einen Ausgang aus der Höhle des Dungeon-Champions. Das ersparte es dem Team, auf dem Weg aus dem Dungeon nach dessen Beendigung durch die vorherigen Ebenen zu wandern.

„Warum ist sie gegangen?“, fragte Omrak stirnrunzelnd, als er sich zu der Stelle drehte, an der Daniel saß. „Habe ich etwas falsch gemacht?“

„Nein. Wir haben nur einen Zeitplan. Die Gilde macht in Peel früher zu, schon vergessen?“, erklärte Daniel geduldig. Da er nichts Besseres zu tun hatte, holte Daniel seinen Hammer heraus und begann mit dem mühsamen Prozess der Reinigung seiner Waffe. Als die Stille länger wurde, nur unterbrochen durch das Zischen von Stoff auf Metall, räusperte sich Omrak.

„Ja?“, sagte Daniel.

„Kannst du mir eine Geschichte erzählen?“, fragte Omrak und errötete leicht.

„Eine Geschichte?“, sagte Daniel.

„Oder einfach reden“, sagte Omrak hastig. „Es ist nur, im Dunkeln im Dungeon zu sitzen …“

„Tut mir leid“, sagte Daniel beschämt. Natürlich fühlte sich Omrak etwas unsicher. Sie hatten die letzten fünf Tage damit verbracht, sich durch die Ebenen des Peel-Dungeons zu kämpfen, gegen schlaue Echsenkreaturen, die Fallen stellten, wegliefen und das Team anderweitig bedrängten. Als ihre Vorhut hatte Omrak am meisten unter den ständigen Scharfschützenangriffen gelitten.

„Mein Großvater hat mir einmal diese Geschichte erzählt, über die Gottheit Hanna. Kennst du sie?“ Auf Omraks Nicken hin fuhr Daniel fort. „Das war vor langer Zeit. Lange bevor Ba'al in Brad einbrach, als es noch keine

Dungeons gab und der Krieg der Unsterblichen noch nicht ausgefochten worden war. Es war eine friedlichere Zeit, als Erlis' Kinder zahlreich waren und mit ihr in ihrem Silberpalast lebten. Gut, Hanna war, und ist es immer noch, schelmisch. Anstatt zu Hause zu bleiben, schlich sie sich oft zu unserer Ebene hinunter, um mit den Tieren zu toben.

An diesem Tag fand sie ein Pferd, dessen Fell das reinste Weiß war, bis auf das Blut, das es befleckte, und die Wunden, aus denen das Blut stammte. Hanna eilte vorwärts, fasste das Pferd an der Seite und fragte es, was geschehen sei. Eine einzige Berührung an den Wunden und Hanna zog ihre Hand zurück, denn die Wunden waren vergiftet. Vergiftet mit einer Substanz, die Hanna noch nie gesehen hatte. Aber Hanna war eine Göttin, eine kleine Göttin vielleicht, aber eine Gottheit, und so schwor sie, das Pferd zu heilen."

Gefangen in der Geschichte, vergaß Daniel, seinen Hammer abzuwischen. Stattdessen wurde er in eine einfachere Zeit zurückversetzt, als es nur seinen Großvater und ihn gab. Eine Zeit, in der das Klingeln der Spitzhacken aus den Minen erklang, das nicht enden wollende Knarren der Räder, wenn sie neues Erz herausrollten. Eine friedlichere Zeit.

„Hanna brachte Kräuter mit, die jedes Gift bei Berührung heilen konnten. Blumen, die, wenn sie zerdrückt und gemischt wurden, den Körper reinigten. Zaubersprüche, sanft gesungen, um Gifte auszutreiben. Aber nichts funktionierte, kein Kraut, keine Blume, kein Zauberspruch wirkte. In ihrer Verzweiflung durchsuchte sie den Schlamm, zog Blutegel heraus und setzte sie auf die Wunde. Diese Blutegel saugten, tranken das faulige Gift aus der Wunde und fielen zuckend zur Seite. Und trotzdem eiterte die Wunde und das Pferd starb langsam.“

„Sicherlich ist es nicht gestorben?", sagte Omrak, den Kopf zu seinem Freund geneigt. Das war eine Geschichte, die er nicht kannte.

„Geduld, mein Freund. Die Geschichte ist noch nicht zu Ende. Als alle Hoffnung verloren schien, als das Tier am Boden lag, kam Hanna auf eine letzte, verzweifelte Idee. Sie streckte ihren eigenen Arm aus und schlitzte ihn mit ihrem Messer auf. Ihr Blut fiel und vermischte sich mit dem Gift. Schließlich, endlich, verließ das Gift das Tier, verdrängt von Hannas göttlichem Blut. Und so wurde das Pferd geheilt. Aber an diesem Tag geschah ein weiteres Wunder. Denn göttliches Blut vermischte sich mit sterblichem, und durch Hannas Opfer verwandelte sich das Pferd. Denn nun wuchs auf seinem Kopf ein einzelnes Horn, eine Facette des Göttlichen."

„Ein Einhorn!", rief Omrak. „Göttliche Kreaturen, allen heilig."

„Ja, ein Einhorn", sagte Daniel mit einem Lächeln.

„Das war eine gute Geschichte", sagte Omrak mit einem Lächeln. „Und ich glaube, ich kann wieder sehen. Zumindest so viel, dass wir rausgehen können."

„Gut. Freut mich, dass sie dir gefallen hat", sagte Daniel mit einem Lächeln, während er zu seinem Freund hinüberging und ihm beim Aufstehen half. Gemeinsam verließen die beiden langsam den Dungeon. Dennoch konnte Daniel nicht umhin, sich an den letzten Teil der Geschichte zu erinnern, den Teil, bei dem Omrak ihn unterbrochen hatte. Denn die Gifte, die durch das göttliche Blut vertrieben wurden, würden sich mit den Blutegeln, die zuvor gefallen waren, vereinigen. Und zusammen würden sie mutieren und die ersten Dämonengeborenen erschaffen. Kreaturen, die einen Manastein – das Blut des Göttlichen – in ihrem Körper trugen, der ihnen Form gab.

***

Als es später am Abend ruhiger geworden war, hatte Daniel endlich Zeit, seine Benachrichtigung zu überprüfen. Als er im Bett lag, musste er lächeln. Endlich! Er hatte endlich sein zehntes Level erreicht und Zugang zur Abenteurer-Spezialfertigkeit *Inventar* erhalten. Dazu musste er sich nur durch den gesamten Dungeon von Peel schleifen, den Dungeon-Champion töten und die Belohnung für den Abschluss des Dungeons erhalten. Zugegeben, er hätte seine Gabe vielleicht nicht für dieses Kind einsetzen sollen …

Mit einer schnellen Handbewegung teilte Daniel seine freien Attributpunkte zu und schob seine Gedanken beiseite. Erledigt war erledigt. Zwei auf Intelligenz, je einen auf die körperlichen Attribute. Er war schließlich immer noch ein Frontkämpfer, und während

Willenskraft ihm erlaubte, den Schmerz und die Angst, die ihn heimsuchen konnten, durchzustehen, war das, was das Team mehr brauchte, regelmäßige Heilung. Das war es zum Teil, was sie im Spiel hielt.

Zufrieden mit seiner Entscheidung schnippte Daniel mit der Hand und rief seinen Charakterbildschirm auf, um ihn im Detail zu überprüfen.

Name: Daniel Chai (Fortgeschrittener Abenteurer)

Klasse: Abenteurer Level 10 (33 %)

Unterklassen: Level 7 (Bergmann) (14 %)

Mensch (männlich)

Statistik

Leben: 296

Ausdauer: 296

Mana: 217

Attribute

Stärke: 28

Beweglichkeit: 25

Verfassung: 31

Intelligenz: 23

Willenskraft: 20

Glück: 15

Skills

Waffenloser Kampf: Level 3 (93/100)

Keulen (Novize): Level 4 (37/100)

Bogenschießen: Level 2 (88/100)

Schild (Novize): Level 2 (64/100)

Ausweichen: Level 9 (03/100)

Kampfsinn: Level 9 (18/100)

Wahrnehmung (Novize): Level 1 (06/100)

Bergbau: Level 7 (78/100)

Heilen (Neuling): Level 2 (48/100)

Kräuterkunde: Level 3 (42/100)

Schleichen: Level 2 (29/100)

Kochen: Level 4 (13/100)

Singen: Level 2 (14/100)

Skillfertigkeiten

Doppelschlag

Schildschlag

Perins Schlag

Schwachstelle finden

Kartografie (II)

Inventar (Abenteurer-Spezial)

Zaubersprüche

Kleine Heilung (II)

Zeichen des Heilers (I)

Gaben

Berührung des Märtyrers — Der
Zaubernde kann sich selbst oder andere

durch Berührung und Konzentration heilen und opfert dafür einen Teil seines Lebens. Die Kosten variieren je nach Ausmaß der geheilten Verletzungen.

Kapitel 2

Das Trio zog weiter, da Peel für die Abenteurergruppe keinen Reiz mehr darstellte, nicht mehr, seit sie den Anfänger-Dungeon gemeistert hatten. Sie waren sich einig, dass sie Asins und Daniels erste Reise wiederholen und nach Silverstone gehen würden. Die große Dungeonstadt beherbergte nicht nur einen, sondern gleich zwei fortgeschrittene Dungeon – Aramis und Porthos. In Silverstone gab es zahlreiche Abenteurergilden, Zauberer und Schmiede. Alles, was sich ein Trio von eifrigen jungen Abenteurern wünschen konnte.

„Das ist eine sehr große Stadt", sagte Omrak, seine Augen leicht glasig, während er seinen Hals ständig von einer Seite zur anderen reckte. Dreimal so groß wie Karlak war Silverstone sowohl ein wichtiger Handelsknotenpunkt als auch eine Dungeonstadt. Am Zusammenfluss dreier Hauptstraßen erbaut und durch den nahe gelegenen Fluss Arq weiter gestärkt, beherbergte die Stadt Karawanen und Händler aus dem ganzen Land. Sogar das Betreten der Stadt war einfach, man musste nur seine Abenteurerkarte zeigen, bevor man eingelassen wurde.

In unausgesprochenem Einvernehmen führten Asin und Daniel den jungen Riesen abwechselnd an seinem Ellbogen um die zahlreichen Fußgänger herum. Das Gehen in der Stadt war nichts für schwache Nerven, auch wenn Silverstone ein funktionierendes Abwassersystem hatte. Zu den Gefahren für Fußgänger gehörten zu schnell fahrende Wagen, Arbeiter und Angestellte, die tonnenschwere Lasten auf ihren Schultern trugen, und Haustiere verschiedener Art. In einer Stadt, deren Wirtschaft durch die Anwesenheit von zwei Dungeons angetrieben wurde, war die Verwendung und Haltung von Kriegshunden, wilden Echsen, Hungerkäfern und anderen, eher exotischen Haustieren nicht ungewöhnlich.

Daniel und Asin hatten das bei ihrem ersten Besuch nur vage wahrgenommen. Jetzt, als alte Hasen in der Stadt, hatten sie begonnen zu erkennen, dass es noch vieles gab, dem keiner von ihnen wirklich Beachtung geschenkt hatte. Aus der Nähe betrachtet verblasste das strahlend saubere, weiße Bild der Stadt – der weiße, isolierende Lehm, der auf Schulterhöhe mit Schmutz verschmutzt war. Ständiges Auftragen und Reinigungszauber taten wenig, um die laufende Abnutzung durch Zehntausende von Zivilisten zu stoppen, die zusammengedrängt ihr Leben lebten.

Als sie durch die Stadt liefen, rieb sich Asin die Nase, abgelenkt durch den Gestank und den ständigen Lärm. Ihre erweiterten Sinne waren nach der relativen Stille in der Wildnis wieder unter Beschuss und zwangen die Catkin, sich neu zu orientieren. So lag es an Daniel, die Führung zu übernehmen, als er die Gruppe zu dem Gasthaus führte, in dem sie einst übernachtet hatten. Leider wurde bald klar, dass es schwierig sein würde, in diesem oder einem anderen Gasthaus zu übernachten.

Immer wieder wurden sie aus einem Gasthaus geworfen, bevor sie sprechen konnten, ihre Rucksäcke und ihr von der Reise gezeichnetes Äußeres waren ein deutlicher Hinweis auf ihre Bedürfnisse. Als sie schließlich verzweifelt eine besonders verständnisvolle ältere Gastwirtin fanden, beugte sich Daniel über die Theke und fragte klagend: „Welches Turnier?"

„Oh, du armer Junge. Du hast nichts davon gewusst?", tadelte ihn Erin, die Gastwirtin. „Vor einem Monat hat die Abenteurergilde angekündigt, dass in drei Wochen ein Turnier stattfinden wird. Artos soll in drei Monaten wiedereröffnet werden."

„Ich habe noch nie von diesem Artos gehört", grummelte Omrak leise.

„Gut, du bist ziemlich jung, also ist das kein Wunder", sagte Erin. „Das war vor dreißig Jahren der letzte Schrei. Und fünfzig davor. Und fünfzig davor. Es wird alle fünfzig Jahre eröffnet, weißt du?"

„Aber …", sagte Daniel stirnrunzelnd, die Brauen zusammengezogen, während er nachrechnete.

„Oh ja, es ist ein großes Rätsel, warum der Dungeon jetzt eröffnet wird. Aber alle Magier sagen, dass er ganz sicher geöffnet wird, also veranstalten wir das Turnier früher. Alle fortgeschrittenen Abenteurer wurden informiert!", zwitscherte Erin.

„Nicht fair", sagte Asin mit einem Knurren und drehte ihre Schnurrhaare. „Fortgeschritten."

„Oh papperlapapp. Natürlich ist es fair", sagte Erin. „Es gibt drei Erfahrungsstufen, und jeder wird entsprechend der jeweiligen Stufe zugeteilt. Die Gilde hat sogar angekündigt, dass es dieses Jahr insgesamt sieben Plätze geben wird. Das sind zwei Plätze für fortgeschrittene Abenteurer, die gerade erst anfangen. Wie, na ja, ihr."

Die Gruppe tauschte schnell Blicke aus, ihr Interesse war geweckt. Das waren gute Nachrichten für sie. Wenn so viel Aufhebens um einen solchen Ort gemacht wurde, mussten die Belohnungen natürlich auch gut sein. Auch wenn das Turnier ein vorübergehendes Unterbringungsproblem verursacht hatte, da Abenteurer aus dem ganzen Land zusammen mit Händlern, Alchemisten, Trainern und anderen unterstützenden Klassen, die von der Veranstaltung profitieren wollten, hierher strömten.

„Bist du sicher, dass du keinen Platz für uns hast?", fragte Daniel und schenkte ihr seinen besten Welpenblick. Asin stieß ein leises Schnauben aus, aber Erin, die dem Charme des kleinen verlorenen Jungen verfiel, den Daniel auf ältere Frauen ausstrahlte, schmolz leicht dahin.

„Nun, ich habe einen Dachboden …“, wich Erin aus.

„Wir werden ihn nehmen.“

„Es ist ein bisschen zugig, und es wurde nicht geputzt …“

„Wir werden ihn nehmen.“

„Und ich habe kein Bettzeug …“

„WIR NEHMEN IHN!“, brüllte Omrak, seine Stimme versehentlich zu laut. Anstatt verlegen zu schauen, lächelte Erin den riesigen blonden Mann nur begeistert an.

„Okay, ihr werdet ihn nehmen. Die Miete beträgt ein Silber pro Tag für jeden von euch“, sagte Erin mit einem Lächeln, während sie sich abwandte, um den Dachbodenschlüssel zu holen. „Bezahlt im Voraus.“

Die Gruppe zischte unisono, der hohe Preis raubte ihnen für eine Sekunde den Atem. Die meisten Arbeiter verdienten nur ein einziges

Silber für ihre Arbeit an einem Tag. Aber dann wiederum ergab es Sinn. Die Stadt war randvoll, war größer als Karlak und hatte zwei fortgeschrittene Dungeons in sich. Natürlich war sie auch teurer.

„Kommt ihr?", rief die kurvige Wirtin, die Hand auf dem Treppengeländer, als die drei Abenteurer langsam zur Besinnung kamen. Mit einem schnellen Kopfschütteln schnappte sich das Trio ihre Taschen und folgte ihr nach oben. Das Trio hatte zwar Zugriff auf die Abenteurer-Klassenfertigkeit *Inventar*, aber diese war immer noch stark eingeschränkt und konnte nicht all ihre Habseligkeiten aufnehmen. Zumindest nicht auf dem Niveau, das sie im Moment hatten.

Stunden später standen sie auf dem frisch gereinigten Dachboden, ihre Schlafsäcke auf frischem Stroh ausgebreitet, ein kleiner Haufen mit den Habseligkeiten des Gasthauses in einer Ecke und ein größerer Haufen Gerümpel neben der Falltür. Asin stand in der Ecke mit einem frisch herbeigeschafften Topf Wasser, einer Bürste und einem Handtuch und putzte sich eifrig das Fell. Omrak stand an der Falltür und hielt Daniel die Arme hin, um ihm das nächste Stück Gerümpel zu reichen, welches der Riese wegtragen sollte.

„Ich werde zurückkommen!", grunzte Omrak, als er die zerbrochene und halb verrottete Truhe in beide Hände hob.

„Ich werde hier sein. Und frag Erin nach dem Abendessen!", rief Daniel. So hatte sich Daniel seinen ersten Tag zurück in Silverstone nicht vorgestellt. Aber als er sich umdrehte und die nun saubere Behausung begutachtete, betrachtete er es als anständig verbracht. Wenigstens hatten sie, im Gegensatz zu so vielen anderen, einen Platz zum Ausruhen.

Und morgen hatten sie einen Dungeon zu bewältigen!

***

„Was soll das heißen, wir dürfen nicht in den Dungeon?", fragte Daniel und verschluckte sich fast an seinen Worten.

„Dein Gildenausweis ist für Silverstone ungültig", sagte die Wache am Eingang des Dungeons; er klang gelangweilt.

„Aber ich habe ihn in Karlak aktualisiert!", protestierte Daniel. „Und ich habe diesen Dungeon schon einmal betreten!"

„Du wurdest zwar von einem registrierten Mitglied gebracht, aber du selbst bist nicht qualifiziert. Du musst die Abenteurergilde besuchen und deine Einstufung erhalten. Das hier ist Silverstone", betonte die Wache, fast so, als könnte allein der Name den Unterschied zwischen ihrer großen Stadt und einer kleinen Anfänger-Dungeon-Stadt wie Karlak unterstreichen.

Daniel seufzte und gab es schließlich auf, die Wache davon zu überzeugen, sie hereinzulassen. Er murmelte etwas vor sich hin und führte seine Freunde zur Gildenhalle. Es schien, als hätte das Leben eines fortgeschrittenen Abenteurers wesentlich mehr Regeln, als er erwartet hatte. Nach weiterem Nachdenken nickte Daniel zustimmend mit dem Kopf. Da der Unterschied zwischen der Fortgeschrittenen- und der Meisterklasse so groß war, ergab es Sinn, dass die Gilde die Abenteurer stärker kategorisieren wollte. Es ergab sogar Sinn, warum Anfänger-Abenteurer im Allgemeinen nicht in diese Kategorie aufgenommen wurden — viele Anfänger-Abenteurer kamen nie über diesen Rang hinaus. Viele kamen nicht einmal über die ersten paar Ebenen eines Anfänger-Dungeons hinaus, da sie die Gefahr und Gewalt dieses Lebensstils als zu groß für ihre körperliche Verfassung empfanden. Es ist besser, die Entwicklung auf diejenigen zu konzentrieren, die sich wirklich weiterentwickeln wollen.

Da sie schon viele Male in der Gildenhalle von Silverstone gewesen waren, waren weder Asin noch Daniel von dem Anblick, der sie begrüßte, schockiert. Doch für Omrak, der immer noch mit der Größe der Stadt zu kämpfen hatte, war die üppige und prächtige Halle eine Offenbarung. Obwohl der Nordländer schon wusste, dass das Abenteurerdasein ein einträgliches Geschäft war, verstand er zum ersten Mal konkret die Reichweite und den Reichtum, über den die Gilde verfügen konnte.

Die Gildenhalle von Silverstone war ein dreistöckiges Gebäude, das zwei normale Bauplätze einnahm, mit zwei separaten, massiven Eingängen und einem eingezäunten Hof für das Training, der hinter der Halle selbst angelegt war. Wenn man bedenkt, dass die Halle mitten in der Stadt gebaut wurde, verstand sogar der ungehobelte Nordländer, dass eine solche

Nutzung von Land teuer war. Das Gebäude selbst lag oberhalb des Bodens, mit breiten, geländerlosen Treppen, die zu den beiden Eingängen führten. Das Gebäude selbst war, wie viele andere auch, mit dem gleichen weißen Lehm verkleidet, der die Menschen im Inneren isolierte. Im Gegensatz zu anderen Gebäuden schimmerten jedoch in regelmäßigen Abständen Verzauberungsrunen über das Gebäude, die dafür sorgten, dass der Lehm und das Gebäude selbst sowohl geschützt als auch sauber waren. Dadurch stach die gesamte Gilde in dieser überfüllten Stadt noch mehr hervor. Schon früh am Morgen strömten Abenteurer in rasantem Tempo aus den Eingängen, viele von ihnen voll bewaffnet und gepanzert, während geschäftstüchtige Händler ihre Waren und Dienstleistungen feilboten.

„Komm schon", drängte Daniel Omrak und riss den blonden Mann aus seiner Trance.

Omrak nickte entschlossen und folgte den beiden schnell.

„Warum gibt es zwei Eingänge?", fragte Omrak. Der scharfsinnige Nordländer hatte bereits bemerkt, dass ein Eingang weniger beliebt war. Viele der Abenteurer, die durch diese Türen gingen, waren sowohl weniger teuer gekleidet als auch weniger gut ausgerüstet und trugen oft leichtere Rüstungen als die Abenteurer, die durch den beliebteren Eingang gingen.

„Quests und Dungeons. Wir sind auf dem Weg zum Eingang des Dungeons", erklärte Daniel seinem Freund.

„Ah! Ich erinnere mich, dass Heldin Asin und Held Daniel von ihren herausragenden Taten in Silverstone sprachen!", sagte Omrak krähend.

„Ja, hervorragend", sagte Daniel, und sein Gesicht wurde etwas leer, als er sich an einen besonders denkwürdigen Vorfall mit einem

Alchemisten erinnerte. Nie wieder würden sie Versuchskaninchen sein.

Im Inneren der Gildenhalle führte eine lange Schlange zu einer vertrauten Szene. Unabhängig von der Größe und dem Standort schienen Abenteurergilden immer gleich auszusehen und sich gleich anzufühlen. Eine einzige Schlange, die zu Tischen oder Schaltern führte, an denen gestresste Gildenangestellte auf die Abenteurer warteten, um Beute und Manasteine entgegenzunehmen. Über den Schreibern standen die Verwalter, die sich um mögliche Probleme kümmerten, seltene Beutestücke begutachteten und im Zweifelsfall die Preise für Manasteine bestätigten. Darüber hing ein großes Schild, das den aktuellen Kaufpreis für die gängigsten Beutestücke und Manasteine anzeigte.

In der Schlange stehend, schaute sich das Trio neugierig um und versuchte, neues Wissen aufzusaugen. Für die Neulinge gab es eine beträchtliche Anzahl von Dingen zu überprüfen und zu lernen. Die Art der Waffen, die üblicherweise verwendet werden, zeigte sowohl die Art der Dungeon-Umgebungen und Monster, die sie treffen könnten, als auch die Spezialisierungen der Trainer in der Stadt selbst.

Das Schwert war, wie immer, eine beliebte Waffe, obwohl Daniel eine überdurchschnittlich hohe Anzahl von Personen bemerkte, die Streitkolben und Hammer trugen. Es gab sogar ein paar Abenteurer, die solche stumpfen Waffen als Sekundärwaffen trugen. Das bedeutete wahrscheinlich, dass es entweder eine übermäßige Menge an Skeletten oder schwer gepanzerten Monstern gab. Im Gegensatz zu Karlak wurden kürzere Piken, Quartierstäbe und Speere von einigen Gruppen getragen, ein Hinweis darauf, dass enge und oft beengte Quartiere unwahrscheinlich waren – zumindest in einem der Dungeons. Schließlich hatten alle Gruppen mindestens eine, wenn nicht mehrere

Fernkampfwaffen. Nach Asins und Daniels Erfahrung war das wahrscheinlich, um mit den fliegenden Kobolden und anderen weitreichenden und fliegenden Monstern fertig zu werden.

Auch die Rüstung erzählte ihre eigene Geschichte. Kein einziger Abenteurer in Sicht war ohne eine Art von Rüstung, sei es leichteres und beweglicheres unbehandeltes Leder oder ein Kettenhemd oder sperrige und schwerere Verteidigungsausrüstung wie Daniels Plattenrüstung. Daniel bemerkte abwesend, dass selbst hier sein kompletter Satz Eisenplatten selten war, da die meisten Abenteurer entweder leichtere Kost bevorzugten oder zu vollen Stahlplatten übergegangen waren. Dennoch zeigte die überwältigende Präsenz solcher Rüstungsteile die größere Gefahr, die von diesen Dungeons ausging.

Asin hingegen war die Erste, der das Vorherrschen von verzauberter Ausrüstung bemerkte. Im Gegensatz zu den Anfänger-Dungeons, wo die meisten Abenteurer höchstens ein Stück verzauberte Ausrüstung hatten, trugen die Abenteurer in diesem Gebäude oft mehrere Ausrüstungsgegenstände. Am häufigsten sah man eine Art Accessoire, Schutzausrüstung und eine verzauberte Waffe. Omrak, der keine solche Ausrüstung trug, war ein ungewöhnlicher Anblick, dessen Anwesenheit seine Neuheit unterstrich.

Die Zusammensetzung der Teams war als Indikator weniger nützlich. Schließlich konnten Teams verletzte, kranke oder anderweitig unpässliche Mitglieder haben, die nicht in der Gildenhalle anwesend waren. Nur wenige Teams hatten den Luxus, einen Heiler zur Verfügung zu haben, und mussten daher entweder mit Schmerzen und Verletzungen weiterkämpfen, kostbare und teure Heiltränke verwenden oder ohne dieses Mitglied auskommen. Außerdem wurde nicht jedes Teammitglied für den Verkauf von Manasteinen und Beute benötigt. Da die meisten Abenteurer eine genaue Vorstellung vom Wert der gesammelten Waren hatten – und das damit verbundene Vertrauen, das das gegenseitige Beschützen mit sich brachte –, war es üblich, die Einnahmen später in einer bequemeren Umgebung zu verteilen.

Insofern war es für Daniel keine Überraschung, als er Teams von zwei, drei oder sieben Personen sah, die in der Reihe oder davor standen. Dennoch konnte man ein paar Dinge feststellen. Die Zusammensetzung der Abenteurer in Silverstone war vielfältiger als in Karlak. Fernkampfwaffen, Stangenwaffen und Schwertkämpfer waren weit verbreitet, aber auch leichter gekleidete Abenteurer, von denen viele deutlich weniger muskulös zu sein schienen als ihre Landsmänner. Es handelte sich um sich schnell bewegliche Kämpfer wie Asin oder möglicherweise um Zauberwirker oder ihresgleichen – Individuen, die sich die Macht von Erlis direkt zunutze machten. Doch wie die meisten Dinge, die mit Magie zu tun hatten, waren sie selten. Selbst in der höhlenartigen Halle der Gilde konnte Daniel nur etwa ein Dutzend solcher Individuen ausmachen.

Die Beute, die diese Abenteurer mit sich führten, erzählte ihre eigene Geschichte. Während Manasteine weiterhin die Haupteinnahmequelle für die meisten Abenteurer im Dungeon waren, konnten auch Beutestücke erscheinen. Manchmal waren diese Beutestücke nutzlos – man denke da an die Koboldschäfte von Karlak –, aber wie die Rudelratten, die sie waren, brachten die Abenteurer oft alles mit, was sie auch nur für halbwegs profitabel hielten. Und so sahen sie vor ihren Augen Teppichrollen, Obsidianklemmen, klebrige Eiersäcke und sogar einen lebenden Fisch auf den Beutetischen liegen. Die Schreiber, an solche Szenen gewöhnt, zuckten nicht einmal mit der Wimper und riefen nur bei einigen wenigen Gelegenheiten um Hilfe bei der Bewertung.

Das Letzte, was dem Trio auffiel, war die Menge an Gildenabzeichen. Einige waren Abzeichen, mit denen Asin und Daniel ein wenig Erfahrung hatten – der Kranz aus roten Rosen für die Red Roses, ein einfaches grünes Rotkehlchen auf blauem Hintergrund, die verschnörkelten Abzeichen der Burning Fields – aber es gab mehr, viel mehr. Die Abzeichen waren alle einfach, leicht zu merken und zu verarbeiten. Ein Totenkopf mit gekreuztem Schwert und Streitkolben, ein einzelnes Paar Katzenaugen, violette Flammen auf einem schwarzen Feld, sieben einfache Steine. Es waren so viele, dass es eher eine Überraschung war, einen Abenteurer ohne Gildenabzeichen zu sehen, als umgekehrt.

„Der Nächste!" Die Stimme des Schreibers unterbrach Daniels Überlegungen. Gemeinsam eilten die drei Abenteurer nach vorne zu dem wartenden Bürokraten.

„Ja?", sagte der Beamte ungeduldig.

„Wir sind neue fortgeschrittene Abenteurer. Haben gerade Peel und Karlak verlassen. Müssen wir registriert werden?"

„Registriert und geprüft", sagte der Schreiber. „Hand auf den Ball. Ein Goldstück Registrierungsgebühr. Du bekommst dein Prüfkit, sobald du bezahlt hast. Geh durch die Hintertür zum Trainingsfeld und gib ihn Seth."

Widerwillig übergab Daniel das Goldstück und sah zu, wie die Kristallkugel aufleuchtete und ihn für sein neues Zuhause, die Abenteurergilde in Silverstone, registrierte.

„Wer ist Seth?"

„Der Mann hinter dem Tisch", schnaubte der Schreiber, schob die Goldmünze beiseite und reichte ein einfaches Holzbrett, auf dem eine Waage abgebildet war. „Der Nächste!"

Daniel hielt inne, unsicher für einen Moment, aber er trat zur Seite, als der Beamte ihm einen ungeduldigen Blick zuwarf. Asin trat schnell vor, flüsterte das Wort „Dasselbe" und erhielt die gleiche Behandlung. Anstatt sich an den Tisch zu drängen, ging Daniel zur Hintertür, um auf seine Freunde zu warten.

***

„Neulinge unter den Abenteurern, was? Wir können das auf zwei Arten machen", sagte Seth, als das Trio ihm ihre Prüfkits anbot. Jetzt, wo sie hier waren, war es offensichtlich, warum der Schreiber der Meinung war, dass die Erklärung, wer Seth war, keiner weiteren Worte bedurfte. Er war der einzige Schreiber im hinteren Bereich und als Schildkrötenkind extrem auffällig.

„Zwei Arten?", fragte Omrak. „Ich will keine Almosen."

„Nordländer, nicht wahr?", sagte Seth mit einem Rollen seiner riesigen Augen. „Hier werden keine Almosen verteilt. Wir sind die Gilde der Silverstone-Abenteurer. Nein, die erste Art ist einfach. Ich zeichne euch als rote, fortgeschrittene Abenteurer aus, und ihr könnt sofort mit dem Erforschen beginnen."

„Rot?", fragte Daniel, Asin nickte leise hinter ihm.

„Rot ist die niedrigste Form. Wir benutzen ein Farbsystem, um die Abenteurer zu kategorisieren. Es gibt Rot, Orange, Gelb, Grün, Blau und Weiß. Ihr könnt auf zwei Arten in eurer Farbstufe aufsteigen. Entweder erreicht ihr das nötige Level im Dungeon – die Dungeon-Level-Standards sind jeweils im Foyer des Dungeons ausgehängt – oder ihr kommt zur Prüfung hierher zurück. Das ist Option zwei", sagte Seth.

„Prüfung?", fragte Omrak und neigte seinen Kopf in Richtung der Trainingsfelder.

Seine Augen funkelten schon bei dem Gedanken, sich selbst zu testen.

„Prüfung", sagte Seth. „Dafür ist das Goldstück gedacht. Aber um den Test richtig durchzuführen, müssen wir euch informieren, dass ihr euch verletzen könnt. Faire Warnung."

„Das ist wenig besorgniserregend", sagte Omrak, eine Hand über dem Kopf, während er seine Armmuskeln anspannte. „Held Daniel ist ein mächtiger Heiler."

„Heiler, was?", fragte Seth und reckte seinen langen Hals, um Daniel mit plötzlichem Interesse anzustarren. „Nun, das ändert die Sache. Je nach deinen Zaubersprüchen könnten wir dich sofort in den gelben Rang hochstufen!"

Daniel stöhnte innerlich auf, während Asin viel direkter war, als sie Omrak mit ihrer Klaue stieß und ihn anglotzte. Der Teenager war bereits gewarnt worden, nicht über Daniels Fähigkeiten zu sprechen. Da Magieanwender selten waren und insbesondere Heiler extrem gefragt waren, hatte Daniel bereits die Machtspielchen und die Mittel, die die Gilden einsetzen würden, um einen Heiler zu bekommen, erlebt. Trotzdem war die Katze aus dem Sack.

„Ich bin nicht gerade ein Heiler. Ich habe ein paar Heilzauber, aber nicht die Klasse", sagte Daniel und korrigierte das Missverständnis.

„Welche Zaubersprüche?", sagte Seth, wobei etwas von seinem anfänglichen Enthusiasmus nachließ.

„*Kleine Heilung II* und *Zeichen des Heilers*", berichtete Daniel.

„Und dein Level?"

„Zehn."

„Wirklich?", sagte Seth, nun leicht überrascht. „Und du hast einen Anfänger-Dungeon gesäubert?"

„Das habe ich", sagte Daniel und deutete auf seine Freunde. Omrak, dem dieses Gespräch zu langweilig geworden war, war zum

Trainingsgelände gewandert, wo er lautstark seine Absicht verkündete, die Prüfung für die Fortgeschrittenenklasse abzulegen. Ein paar Abenteurer, die auf dem Gelände trainierten, warfen dem großen Nordländer wütende Blicke zu, als er stolz damit prahlte. Nur wusste Daniel, dass Omraks Lautstärke nichts mit Stolz oder dem Wunsch, seine Taten öffentlich zu verkünden, zu tun hatte, sondern mit langen Jahren des Lebens auf kargen, windgepeitschten Bergen. Asin war Omrak gefolgt, wahrscheinlich ebenso sehr aus Neugierde wie aus dem echten Wunsch, sich selbst zu testen. „Ich habe Karlak tatsächlich mit ihnen abgeschlossen. Und Peel haben wir auch gerade abgeschlossen.“

„Ah, gutes Team also“, nickte Seth. „Gut, du hast vielleicht nicht die gleiche Anzahl an Zaubern, und du bist ein bisschen unterlevelig, aber ich denke, hmm … Ich könnte dir wahrscheinlich Orange anbieten. Wenn du mehr willst, müsstest du einen Test machen.“

„Orange", murmelte Daniel. „Kann ich darüber nachdenken?"

„Sicher. Es ist deine Entscheidung", sagte Seth, als er Daniel wegwinkte. Daniel nickte dankend und ging hinüber, um seinen Freunden zuzusehen, wobei er nicht vergaß, einen Schluck aus seiner Feldflasche zu nehmen.

Die beiden Neulinge begannen bereits, auf Herz und Nieren geprüft zu werden. Auf einem eingezäunten, schmutzigen Sparringplatz stand Omrak einem Monster von Nahkämpfer gegenüber, einem Typen, der so groß war, dass es den blonden Nordländer wie einen Durchschnittsmenschen aussehen ließ. Mit einem langen, mit Stahl umwickelten Stock versuchte Omraks Gegner, den Nordländer in den Boden zu prügeln. Jeder Schlag zwischen den beiden war so heftig, dass die Angriffe über den Hof schallten und Omrak kaum in der Lage war, unter dem Ansturm stehen zu bleiben. Doch egal, wie schnell oder wie hart sein Gegner zuschlug, Omrak schaffte es immer, sein Schwert rechtzeitig zum Blocken in Position zu bringen.

In einer anderen Ecke lief Asin einen Hindernisparcours mit gespannten Seilen, tiefen Gruben, schwankenden Seilbrücken und drehenden Steinen. Die ganze Zeit über musste Asin Ziele angreifen – wenn sie das nicht tat, wurde die Catkin von der Aufsichtsperson, die am Rande des Parcours entlanglief, angegriffen.

„Schließt du dich uns an?" Die Sprecherin war eine ältere Frau in ihren Vierzigern, die eine Augenklappe über einem Auge trug und in eine enge Ledertunika gekleidet war, die die einschüchternde Anzahl von Muskeln, die ihren Körper bedeckten, zur Schau stellte. Als sie bemerkte, dass Daniels Aufmerksamkeit auf sie gerichtet war, reichte sie ihm die Hand. „Angie."

„Daniel", antwortete er und schüttelte ihre Hand.

„Und, wirst du?"

„Ich beobachte nur für den Moment."

„Wirklich. Du lässt dir also von einem Bürokraten vorschreiben, wie stark du bist?"

Daniel lächelte über die Herausforderung in Angies Stimme. „Scheint so, als wäre ich genauso stark, wie ich bin, ob ich den Test mache oder nicht. Der einzige Unterschied könnte die Farbe meiner Bezeichnung sein."

„Har", lachte Angie und klopfte sich vergnügt auf den Oberschenkel. „Das ist eine ziemlich reife Sicht der Dinge. Erstaunlich für jemanden, der so jung ist."

„Ich bin nicht so jung", protestierte Daniel. Leider waren Menschen mit seiner eigenen ethnischen Abstammung in Brad selten, was oft dazu führte, dass er fälschlicherweise für jünger gehalten wurde, als er war.

„Für mich sind das die meisten von euch Kindern", sagte Angie und kicherte. „Aber in einem Punkt irrst du dich. Wenn ihr den Test macht, werdet ihr garantiert etwas lernen. Es könnte dir sogar das Leben retten.“

„Oh?“, sagte Daniel, fasziniert. „Was?“

„Nun, wenn ich es dir sagen würde, was wäre dann der Sinn des Tests?“, sagte Angie mit einem Lächeln. Nach einem Moment ging Daniel schließlich auf ihre Bitte ein.

„Guter Mann. Komm schon.“ Angie zeigte auf einen leeren Sparringring und rollte mit den Schultern, als sie den Ring betrat.

„Warte. Ich kämpfe mit dir?“

„Gibt es ein Problem?“, fragte Angie, und die drohende Miene der einäugigen Dame ließ Daniel plötzlich schlucken und den Kopf schütteln. Er hatte sowieso nie Probleme, wenn, dann waren es nur Überraschungen. Als sie ihn anglotzte, eilte Daniel schnell nach vorne, während er seinen Hammer und Schild vom Rücken zog. Er begann bereits, seine Entscheidung zu bereuen.

∗∗∗

„Aufgeben!", krächzte Daniel laut und spuckte den Sand aus, der in seinen Mund gelangt war. Die Beine über seinen Rücken gespreizt, hatte Angie seinen Waffenarm hinter seinem Rücken hochgedrückt, während sie seinen Körper in den Sand presste, ihr Gewicht drückte auf den Rücken des jüngeren Mannes.

„Achtzehn Sekunden", sagte einer der Umstehenden lakonisch. „Du hast es schlimmer gemacht als beim letzten Mal."

„Denk daran, klopf einfach auf meinen Körper, wenn du nicht sprechen kannst", erinnerte Angie Daniel, während sie von ihm abstieg und ihm auf die Beine half.

„Bist du sicher, dass das der Test ist?", beschwerte sich Daniel, während er seine Schulter drehte, um den Schmerz darin zu beseitigen. Schon jetzt konnte Daniel die zahlreichen blauen Flecken spüren, die seinen

Körper bedeckten. Die Plattenrüstung schützte zwar vor Stößen und Schlägen, aber sie war auch brutal unangenehm, wenn er hinfiel und sich die Kanten bei jeder Landung in seinen Körper gruben und blaue Flecken verursachten. Und sie schützte auch nicht davor, dass Angie seinen Körper wie eine Strohpuppe verdrehte und zerrte.

„Das ist mein Test", sagte Angie mit einem Lächeln. „Noch einmal?"

Daniel starrte Angie an und fragte sich, wie oft er noch auf den Boden geworfen werden würde. Bei dem breiten, sadistischen Grinsen konnte Daniel nur seufzen. Es schien, als wäre die Antwort „eine Menge". Trotzdem bückte sich Daniel, um seine Waffen aufzuheben, und nahm wieder seine Kampfhaltung ein. Wenn es eine Sache gab, die Daniel hatte, dann war es seine Sturheit. Entweder man entwickelte als Bergmann eine sture Ader oder man verließ die

Klasse. Unter der Erde zerbrachen die Schwachen und Zögerlichen.

***

„Kleine Heilung", flüsterte Daniel unter seinem Atem und nutzte die stimmliche Komponente, um seinen schwimmenden Geist zu fokussieren. Nachdem er sich auf die Knie gerollt hatte, musste Daniel innehalten, denn die Welt brauste in seinen Ohren wie das Meer an einem windigen Tag.

Die leichte Wärme des Manas, das seinen Körper verließ, und der kalte, heilende Druck seines Zaubers, der eine Sekunde später in ihn eindrang, halfen ihm, sich zu konzentrieren. Er fühlte, wie sich etwas verschob, ein leichtes Knacken in seinen Ohren, als sich die Trübung in seinen Gedanken auflöste. *Gehirnerschütterung. Ich habe eine Gehirnerschütterung.*

„Oh Scheiße, habe ich dich zu hart geworfen?", sagte Angie und bückte sich. „Mist, die werden mich wieder anmeckern …"

„Ich … komme schon klar. Ich heile mich einfach selbst", krächzte Daniel, der noch immer nicht realisiert hatte, dass er laut gesprochen hatte. Khy'ras Stimme kam zu ihm und erinnerte ihn.

„Verwende niemals einen Heilzauber bei einer Hirnverletzung, wenn du die Wahl hast. Die Wahrscheinlichkeit, dass die Verletzung dauerhaft wird, ist extrem hoch. Unsere Zaubersprüche sind kein Ersatz für tatsächliche Heilung, selbst das Zeichen des Heilers *beschleunigt den Heilungsprozess zu sehr. Es ist besser, sich die Zeit zu nehmen, die Wunde richtig zu behandeln und sie natürlich heilen zu lassen",* hatte Khy'ra in einem ihrer Gespräche gesagt, nach einem besonders langen Abend in der freien Klinik, die sie zusammen in Karlak betrieben hatten. Der nächste Teil war der, an den sich Daniel deutlich erinnerte, denn in ihrer Stimme

lag eine leichte Ungläubigkeit, eine Ehrfurcht, die sie für seine Gabe empfunden hatte. *„Deine Gabe aber, die sollte in Ordnung sein. Nach dem, was du mir erzählt hast, kannst du spüren, was falsch ist, und es direkt beheben."*

Seine Gabe. Wieder sah Daniel in sein Inneres und fand die Stelle, an der seine Gabe lebte. Er zog daran, konzentrierte sich auf seinen Geist, auf seine Verletzung. Wie Khy'ra angedeutet hatte, „fühlte" er das Falsche, die Prellungen und Verletzungen, die beginnende Entzündung, weil er so oft umgeworfen worden war. Es bedurfte nur der leichtesten Stöße, der kleinsten Anwendung von Wärme, um den Schaden zu vertreiben, seinen Geist zu klären.

„Wäre schön, ein Heiler zu sein. Wenn wir einen Heiler hätten, müsste ich nicht …" Angie verstummte und schüttelte ihre Gedanken sichtlich ab. „Bist du schon fertig?"

„Ich brauche nur ein bisschen mehr Zeit", sagte Daniel leise und konzentrierte sich wieder, während er sein Mana herbeirief für *Zeichen des Heilers*, ein Heilungszauber, der seine Regeneration beschleunigte und seinem Körper erlaubte, die zahlreichen anderen Verletzungen zu heilen, die sich im Laufe des Kampfes angesammelt hatten. Sogar der kleine Schaden, den er in seinem Kopf durch die Gabe nicht beseitigt hatte, würde durch diesen großflächigen Zauber behoben werden.

„Gut, wir sind fertig. Ich bin beeindruckt. Siebzehn Mal. Die meisten geben nach dem elften Mal auf", sagte Angie. „Als ob irgendwie die Zahl zehn die richtige Zahl wäre, die sie schlagen müssten, um als taff zu gelten."

Daniel lachte leicht, als er langsam auf die Füße kletterte. Angie hatte es mit Schild und Streitkolben bewaffnet jedes der siebzehn Male mit ihm aufgenommen, und jedes Mal hatte sie ihn auf den Rücken gelegt, bevor sie seinen angreifenden Arm mit vollendeter Leichtigkeit packte und kontrollierte. Sie war ausgewichen, gesprungen, hatte zugeschlagen und war über ihn geklettert wie ein besonders anhänglicher Affe, immer einen Schritt vor Daniel. Bei all den siebzehn Malen hatte Daniel nur eines gelernt – sich nicht von ihr anfassen zu lassen. Denn in dem Moment, in dem sie ihre Hände an ihm hatte, war der Kampf vorbei.

„Was war das?", fragte Daniel, als die beiden die Arena verließen, um einer anderen Gruppe den Vortritt zu lassen. Als Daniel an den wartenden Abenteurern vorbeikam, klopften ihm Hände auf die Schulter, um ihm zu gratulieren. Auch stimmliche Ermutigung wurde hinzugefügt, obwohl auch ein Hauch von schadenfroher Belustigung mitschwang. Daniel spürte, dass es vielleicht die Art war, die der Riese empfand, wenn er sah, dass ein weiterer Sieg auf der Liste stand.

„Lopak", sagte Angie. „Das ist ein Kampfstil, in dem ich als Kind ausgebildet wurde. Er konzentriert sich darauf, die

Gliedmaßen und den Körper des Gegners zu kontrollieren, um ihn zu besiegen."

„Aber es ist doch viel gefährlicher …" Daniel unterbrach sich und blickte auf seinen Schild und seinen Streitkolben, die in ihrem Kampf kaum von Nutzen gewesen waren.

„Har! Natürlich ist es das. Ich empfehle dir nicht, deine Waffen wegzugeben. Nur, dass es sich lohnt, zu wissen, was zu tun ist, wenn der Gegner zu nah ist, als dass du sie führen könntest", sagte Angie mit einem Nicken. „Du wärst überrascht, wie oft dich so ein kleines Wissen retten kann."

Jetzt, da er nicht mehr auf sein eigenes Leiden konzentriert war, bemerkte Daniel, dass Omrak gerade allen seine Kraft vorführte, indem er in einer Ecke einen Zirkel aus Hebe-, Zug- und Trageübungen durchlief. Daniels erfahrene Augen erkannten, dass Omrak den Kampf nicht unbeschadet überstanden hatte und seine Bewegungen etwas steifer waren als sonst. In einer anderen Ecke machte Asin Sparring mit Omraks früherem Gegner. Obwohl Sparring vielleicht das falsche Wort war, da Asin durch die Arena rannte, ihre Messer warf und auf andere Weise den Abenteurer bedrängte, der versuchte, sie zu fangen.

„Deine Freunde machen sich gut", sagte Angie, die sah, wohin Daniels Aufmerksamkeit gelenkt worden war. „Noch seid ihr alle Rot, aber in ein paar Wochen könntet ihr euch für Orange qualifizieren. Wenn deine Catkin noch ein paar verzauberte Teile hätte, vielleicht sogar schon jetzt."

Daniel nickte bei ihren Worten. Asin war ohne Zweifel die Schnellste und Wendigste in der Gruppe. Sie schien auch einen sechsten Sinn dafür zu haben, woher Angriffe kommen würden, eine Tatsache, die Daniel und Omrak in ihren Sparringsitzungen frustrierte. Wäre da nicht die Tatsache, dass sie Schwierigkeiten hatte, andere zu verletzen, würde Daniel sie zweifellos für die gefährlichste der Gruppe halten.

„Na, worauf wartest du denn noch?", sagte Angie, klopfte Daniel auf den Rücken und deutete auf den Hindernisparcours. „Du bist noch nicht fertig."

„Aber …"

„Kein Aber. Kein Herumwarten, bis deine Heilung beendet ist", sagte Angie mit einem Schnauben. „Man hat nicht immer den Luxus, sich im Dungeon zu heilen."

Stöhnend schritt Daniel zum Hindernisparcours hinüber, ein Gefühl des Grauens durchzog ihn bereits. Er hasste Hindernisparcours. Wenigstens, so tröstete er sich, waren sie nicht so schlimm wie Rätselräume. Rätseldungeons konnten mit Ba'al zur Hölle fahren.

∗∗∗

Stunden später starrte das Trio auf die einfache rote Hülle, die nun ihre Gildenkarten bedeckte. Die anderen Abenteurer nannten es ein Abzeichen, aber in Wirklichkeit war es eine einfache Stoffhülle, in der ihre Karten aufbewahrt wurden. Eine physische Erinnerung für die Welt, dass die Gruppe nicht nur fortgeschrittene Abenteurer waren, sondern auch die niedrigsten der niedrigen in dieser Gruppe.

Trotzdem musste das Trio grinsen, als sie zurück zu ihrem Dachboden in der Einsamen Kerze schritten. Es mag nicht viel gewesen sein, aber jetzt hatten sie ein Ziel. Und die Möglichkeit, am nächsten Tag den Dungeon zu betreten.

***

Später am Abend fand sich Daniel in einer Ecke sitzend wieder, eine Kerze war die einzige

Beleuchtung, während er akribisch an dem Brief vor ihm arbeitete.

Liebe Khy'ra,

wir sind jetzt in Silverstone. Wir haben endlich den Peel-Dungeon geschafft, und ich habe Level 10 erreicht! Jetzt habe ich das Level, das zu meinem Status als fortgeschrittener Abenteurer passt. Die Stadt ist, wie bereits erwähnt, sehr groß. Omrak lief den ganzen Tag mit großen Augen durch die Gegend. Es war eigentlich ganz lustig, auch wenn wir ein paar Taschendiebe abwehren mussten. Ich bin mir nicht sicher, ob er es bemerkt hat.

Wir wohnen derzeit in der Einsamen Kerze. Die Gastwirtin ist nett; sie erinnert mich sehr an Elise. Grüße sie bitte von mir, ebenso wie Litzburn und Liev.

Apropos Liev, wieso wusste ich nicht, dass er der Gildenmeister ist? Ging das nur mir so? Er hat sich nie aufgespielt; ich dachte nur, er sei ein älterer Angestellter.

Ich glaube nicht, dass ich so mit ihm gesprochen hätte, wenn ich es gewusst hätte.

In Silverstone hat die Abenteurergilde ein Trainingsgelände, das mit alten Abenteurern besetzt ist. Ich habe heute eine sehr seltsame Frau getroffen, die mich immer wieder zu Boden zwang für unsere Tests. Ich bin jetzt offiziell ein Abenteurer Level Orange der Fortgeschrittenen-Klasse. Sie wollten mir den gelben Rang wegen meiner Heilungszauber geben, aber ich habe abgelehnt. Es fühlt sich ein bisschen falsch an, nur weil ich ein bisschen Wissen darüber habe. Es fühlt sich unverdient an.

Ich weiß, du hast mich immer wieder davor gewarnt, wie nützlich Heilen ist. Wie wichtig es ist. Aber es kommt mir einfach seltsam vor. Das Heilen zu lernen, sogar das Zeichen des Heilers von dir, fühlte sich nie verdient an.

Es tut mir leid. Du hast wahrscheinlich schon genug von mir gehört. Ich vermisse dich. Ich hoffe, die Dinge laufen gut. Grüß alle von mir.

In Liebe

Daniel

Daniel starrte auf das, was er geschrieben hatte, und musste eine Grimasse ziehen. Es hörte sich an, als würde er jammern. Aber Papier war teuer und was er geschrieben hatte, war die Wahrheit. Khy'ra wusste es sowieso besser, sein Gejammer, seine Beschwerden zu ignorieren. Er war sicher, dass sie zwischen den Zeilen lesen würde.

Kapitel 3

Morgen. Es würde ein herrlicher Morgen werden, dachte Omrak, als er leichtfüßig vor der Einsamen Kerze auf und ab hüpfte. Wie immer waren sowohl Asin als auch Daniel langsam und ließen sich Zeit, das Gebäude zu verlassen, weil, nun ja, weil sie so waren. Omrak wäre frustriert, wenn es nicht so viel zu sehen gäbe!

Selbst am Morgen, so früh und so regnerisch wie es war, war in Silverstone viel los. In den letzten fünf Minuten war sich Omrak sicher, dass er mehr Menschen gesehen hatte — mehr verschiedene Menschen —, als es in seinem ganzen Dorf gab. Da waren der Bäcker und sein Gehilfe, die hart daran arbeiteten, das sehr gefragte frische, ungesäuerte Brot herzustellen. Sie machten sogar diese leckeren süßen Brötchen, die fast so schnell verkauft wurden, wie sie aus dem Ofen kamen, zu einem unverschämten Preis von zehn Kupfer.

Die Straße hinunter kamen Bauern und Arbeiter aus dem nahe gelegenen Dorf, die ihre

Produkte auf den Markt bringen wollten. Es gab so viele Bauern, dass die Stadt mehrere Märkte hatte, die jeden Tag stattfanden. Engagierte Krämer kauften auch diese Waren von verschiedenen Bauern und verkauften die Produkte für ein wenig Bequemlichkeit an die hungrige Bevölkerung weiter. Der Überfluss war so groß, dass Omrak in der letzten Nacht sogar gesehen hatte, wie einige Lebensmittelhändler vollkommen gute Lebensmittel wegwarfen – Lebensmittel, die nur ein wenig verdorben waren.

„Omrak!" Daniel rief nach ihm, und Omrak wandte sich von den Leuten ab und grinste seinen Freund an. „Raus aus dem Regen. Oder zieh dir wenigstens etwas über den Kopf."

„Ah, Held Daniel, das ist ein wunderbares Wetter. Warum willst du dich davor verstecken?", sagte Omrak, schüttelte den Kopf und lehnte sich zurück, um den Regenguss noch einmal zu genießen.

„Weil es dir dann schlecht geht und du dich erkältest", sagte Daniel und schüttelte den Kopf. Omrak lachte nur ungestüm, noch mehr, als er Daniel darüber murmeln hörte, dass ihm der Verstand fehlte, um aus dem Regen zu kommen. Asin schnaubte, fest eingewickelt in einen glatten, wasserabweisenden Wollmantel. Anstatt sich an dem Streit zu beteiligen, hatte sich die junge Catkin auf den Weg zu ihrem Ziel gemacht.

Ihr Ziel. Omraks Grinsen wurde breiter, als er vorwärtsschritt und kaum bemerkte, wie die kleineren Südländer alle versuchten, ihm aus dem Weg zu gehen. Sie würden heute zu einem neuen Dungeon gehen. Porthos sollte es sein. Was für ein seltsamer Name. Aber Südländer waren allgemein sehr seltsam. Das Land war so oft erobert, geteilt und zurückerobert worden, dass viele Namen von Orten aus anderen Königreichen stammten. Aber gerade deshalb war Brad so interessant.

„Denk daran, Omrak, wir werden heute nur die erste Ebene erkunden. Vielleicht schaffen wir es nicht mal bis zum ersten Aufseher. Es ist eine sehr große Ebene, und obwohl wir einen Ebenenkristall gekauft haben, ist er bei der Art, wie sich die Gänge bewegen, nicht so nützlich, wie du denkst. "

„Natürlich", grummelte Omrak zustimmend. Dennoch konnte Omrak bei der Erwähnung des Ebenenkristalls nicht umhin, einen Blick auf Daniels Taille zu werfen. Der Kartenkristall war ein erstaunliches Stück Magie, auch wenn sie in Massenproduktion hergestellt wurden und in einem Monat aufgeladen werden mussten. Er hatte sie fast ihr gesamtes verbliebenes Gold gekostet. Aber damit musste sich das Team keine Sorgen mehr machen, sich in der riesigen ersten Ebene zu verirren. Schließlich erforderte Daniels äußerst nützliche Kartierungsfähigkeit, dass er den besagten Ort vorher tatsächlich besuchte. Und da sich die

Gänge angeblich bewegten, würden frühere Wege nicht mehr unbedingt zutreffen.

Dieses Mal wurde das Trio nicht am Tor aufgehalten, nachdem sie ihre neu erworbenen Abzeichen gezeigt hatten. Die Wachen wünschten ihnen sogar alles Gute, ein Segen, den Omrak herzlich erwiderte. Vor dem silbernen Portal hüpfte Omrak noch einmal auf die Beine und begann eine Reihe langer, langsamer Dehnübungen, um die Macken und Schmerzen in seinem Körper zu verbannen. Anstatt das kostbare Mana seines Freundes Daniel zu verbrauchen, hatte Omrak beschlossen, auf die Heilung zu verzichten. Letztendlich war es besser für seinen Körper, sich allmählich an die Belastung anzupassen, die er ihm auferlegte. Magie, so nützlich sie auch sein mochte, war kein Ersatz für harte Arbeit!

„Uff!", stöhnte Omrak, als er durch das Portal trat und sofort nach vorne ging, um sich seinen Freunden an der Ecke der Plattform anzuschließen, auf der sie sich befanden. Das Portal hatte einen Teil seiner Körperwärme auf dem Weg dorthin abgesaugt, ein Nebeneffekt des Durchnässens bis auf die Knochen, und ließ ihn leicht frösteln.

„Wunderschön! Erinnert mich an zu Hause. Bis auf die Gleise. Und die schwebenden Plattformen. Und das Fehlen von Krähen und Harpyien", sagte Omrak zu seinen Freunden, während er den Anblick vor ihm genoss. Wie der Nordländer erwähnt hatte, bestand die erste Ebene von Porthos aus einer einzigen, weitläufigen Höhle, deren Boden und Decke mit bloßem Auge nicht zu erkennen war. Tief hängende Wolken schwebten durch die Höhle und verdeckten gelegentlich schwebende Steinplattformen, während unter ihnen ein nicht enden wollender Nebel waberte. Steinerne Stege, manche breit genug, um mit einer Karawane darauf zu fahren, andere kaum groß genug, damit eine einzelne Person darauf gehen konnte, verbanden die Plattformen. Das nicht enden wollende Ächzen des sich bewegenden Steins hallte unaufhörlich durch die Höhle, während sich die Stege auf mysteriöse Weise bewegten und neue Plattformen ohne Sinn und Verstand verbanden.

„Genau. Also, nichts wie nach Hause", sagte Daniel mit einem Lächeln. Er hatte sich bereits seines Reisemantels entledigt und seine Armbrust geladen. Omrak warf einen Blick auf die Fernwaffe und setzte schnell seinen Helm auf, um seinen Kopf zu bedecken, sowie einen metallenen Ringkragen um seinen Hals. Es war nicht so, dass Daniel ein schlechter Schütze war. Es war vielmehr so, dass er ein schrecklicher Schütze war. Und doch hielt er daran fest, diese Waffe zu benutzen.

„Nun gut. Ich werde führen", verkündete Omrak und zog sein Schwert aus der Scheide auf seinem Rücken. Zuerst war die Gruppe dicht gedrängt mit anderen Abenteurern, die die

Ebene erkundeten, aber als sich die Gänge teilten und wieder teilten, verblasste die anfängliche Menschenmenge langsam und ließ das Trio allein zurück, bis auf eine andere Gruppe ein paar hundert Meter hinter ihnen.

Gerade als die Gruppe über einen ein Meter breiten Gehweg schritt, starteten die Dungeon-Monster ihren ersten Angriff. Ein Dutzend Kobolde kam kreischend aus den Wolken herab —geschuppte, warzige Gestalten, die auf fledermausartigen Flügeln herabglitten. Die Monster waren meist schwarz mit Rottönen, die Krallen, spitze Ohren und scharfe, nadelartige Zähne hervorhoben.

„Kobolde!", rief Asin, eine Sekunde bevor Omrak und Daniel sich zu Wort meldeten. Die Catkin hatte bereits die Messer in der Hand und schätzte die Flugbahn der Angreifer ab, bevor sie warf.

Omrak hatte seine eigenen Beile, aber diese Wurfäxte waren ihm zu kostbar. Anstatt Geld dafür zu verschwenden, seine Waffen möglicherweise für immer zu verlieren, zog es Omrak vor, diese Monster aus der Luft zu schlagen. Als sich ihm ein Trio von Kobolden näherte, stürzte sich Omrak mit einem plötzlichen Sprung in die Luft, wobei sein Angriff alle überraschte. Mit einem schnellen Schwertschwung erwischte er zwei der drei Kobolde, die den Angriff anführten, und trennte in einem Fall einen Teil eines Flügels ab, im anderen Fall riss er den Körper auf. Um sich nicht aus dem Kampf herauszuhalten, schlug der dritte Kobold eine Klaue nach Omraks Gesicht, was durch ein plötzliches Ducken vereitelt wurde. Trotzdem hinterließ der Angriff eine leichte Narbe auf seiner Schädeldecke.

Als Omrak wieder landete, knurrte er und schüttelte das Monster, das noch immer am Leben war, von seiner Klinge und trat nach vorne, um schnell auf die kämpfende Kreatur zu treten. Hinter ihm schaffte es der verletzte

Kobold, gerade so auf der Kante des Stegs zu landen, bevor er seine Flügel einrollte und losrannte, um sich auf Asin zu stürzen.

„Nein. Du gehörst mir!" Brüllend löste Omrak seine Fähigkeit *Champion des Nordens* aus. Überall um ihn herum drehten sich die Kobolde, die vorbeigeflogen waren und zurückkehrten, und die, die bereits mit seinen Freunden beschäftigt waren, um und griffen den Nordländer an. Omrak ging in die Hocke und knirschte mit den Füßen auf dem Boden, um sich vorzubereiten.

Selbst als der nächste Kobold sich auf ihn stürzte, hatte Omrak Zeit, sich auf seine Freunde zu konzentrieren. Daniel raste an Asin vorbei, während er seine eigenen Angreifer verfolgte. Seine langsamen und schweren Schritte waren nicht schnell genug, aber Asin hatte die Gelegenheit genutzt, die Beine der fliehenden Gegner anzugreifen, sie zu lähmen, Sehnen zu durchtrennen und die Monster anderweitig zu verkrüppeln. Das gab Daniel Zeit, aufzuholen und seine eigenen Angriffe zu starten, wobei er seine Armbrust wegwarf, und auf dem Weg liegen ließ.

Omrak hatte keine Gelegenheit mehr, die Aktionen seiner Freunde zu begutachten, als er sein Schwert in großen, schleifenförmigen Mustern schwang. Die Bewegung selbst sollte keine Kobolde treffen, sondern sie fernhalten, ablenken und verärgern, während seine Freunde mit den Angreifern fertig wurden. Natürlich konnte Omrak angesichts von fast acht Feinden zu diesem Zeitpunkt nicht alle Angriffe abwehren, vor allem nicht die, die von hinten kamen.

„Stellt euch mir, ihr Feiglinge!", brüllte Omrak, als er einen weiteren Schnitt auf seinem Rücken spürte, direkt unterhalb des Saums seiner Ledertunika. Omrak knurrte, als er sich herumdrehte, ein leichtes rotes Glühen durchzog seinen Körper. Das war sein anderes

Skill, die *Wut der Berge*, die ihn übernahm. Es gab ihm Kraft, gab ihm Geschwindigkeit und gab ihm sogar eine leicht erhöhte Verteidigung gegen Angriffe.

„Gute Arbeit, Omrak!", rief Daniel, als er den letzten Kobold niedergestreckt hatte und dann nach vorne stürmte, um mit seinem *Schildschlag* einen weiteren zu betäuben. Er schlug schnell zu, während Asin auf einen ahnungslosen Kobold sprang und sich in die Luft warf, um einen weiteren Kobold zu erstechen und auf seinen Körper zu drücken. Ihre Augen weiteten sich, als die Kreatur in einem verzweifelten Versuch, wegzukommen, sich in der Luft drehte und sie von den Füßen und von der Plattform riss.

„Asin!", rief Omrak in Panik. Instinktiv stieß der Nordländer sein Schwert nach vorne, dorthin, wo sie fiel. Asin drehte sich und wich dem Stoß aus, griff aber mit ihren Pfoten nach der Klinge, wobei ihre Dolche unter sie fielen.

Mit einem Grunzen und einer Bewegung, die ihn fast zu Fall brachte, schwang Omrak sein Schwert, um die Catkin zurück auf die Plattform zu bringen.

Anstatt ihn in Ruhe zu lassen, stürzten sich die verbliebenen Kobolde auf Omrak. Mit ausgefahrenen Klauen rissen sie an seinen leicht gepanzerten Beinen und kletterten hoch, um an seinen Armen zu zerren. Das rote Glühen durchflutete seinen Körper weiter, und zum ersten Mal löste Omrak sein neues Skill aus.

„Ruf des Blitzes!", brüllte Omrak, das Rot um seinen Körper löste sich auf, als es sich in einer Explosion von Blitzen entlud. Die Kobolde, sowohl die an seinem Körper als auch die in der Nähe, waren geschockt, der Angriff traf und betäubte sie. Omrak nutzte den kurzen Moment des Aufatmens, um sein Schwert auf einen geschockten Kobold niederprasseln zu lassen und ihn in zwei Hälften zu spalten. Asin stand wieder auf ihren Füßen und stach einem anderen

wiederholt in die Nieren, während sie ihn fest an sich drückte und Daniel einen anderen mit Schild und Hammer zu Boden schlug. Innerhalb weniger Augenblicke waren die restlichen Kobolde getötet und ließen die Abenteurer schwer atmend und blutend zurück.

„Du bist wieder verletzt", tadelte Daniel und schüttelte den Kopf. Ein Moment der Konzentration erlaubte es Daniel, das *Zeichen des Heilers* auf Omraks Körper anzuwenden, bevor der kleinere, schmaläugige Abenteurer begann, Omraks Wunden auf eher profane Weise zu behandeln. Die Kombination weltlicher, einfacher Heilpraktiken half seinen Zaubern, effektiver zu sein, und stellte sicher, dass, selbst wenn Wunden nicht vollständig geheilt wurden, sie nicht schlimmer wurden.

„Neues Skill?", fragte Asin, während sie den Gang entlanglief und nach Manasteinen suchte.

„Ja!", sagte Omrak mit Stolz. „Es war meine Wahl bei meinem letzten Levelaufstieg. Aber es erfordert Wut, um es zu benutzen. Je mehr Wut ich habe, desto größer ist der Effekt.“

„Nützlich“, bestätigte Daniel, während er Omraks Bein einwickelte. Omrak drückte unterdessen auf eine hartnäckige Wunde in seinem Oberarm, um die Blutung zu stillen, während er darauf wartete, dass der Zauber seine Wirkung tat. „Also, lass uns darüber reden, was passiert ist. Und was wir nicht wieder tun werden. Zum Beispiel springen.“

Sowohl Omrak als auch Asin duckten sich verlegen und nahmen die Ermahnung schweigend hin, bevor sie Daniels Perspektive des Kampfes zuhörten. Bald, das wusste Omrak, würde er an der Reihe sein, zu sprechen.

✱✱✱

Die Schufterei, wie Daniel es nannte, dauerte Stunden. In gemeinsamer Absprache hatte die Gruppe geplant, die erste Hälfte des Tages mit

Erkundungen und die zweite Hälfte mit dem Rückweg zu verbringen. Während dieser Zeit lag ihr Hauptaugenmerk darauf, ihre Kampfskills und ihre Koordination gegen eine neue Art von Feind zu entwickeln. Die Zeit, die man sich jetzt nahm, um zu lernen und langsam voranzukommen, bedeutete weniger Schmerz und Gefahr. Es war eine harte Lektion, die er lernen musste, überlegte Omrak. Eine, die er sich geweigert hatte zu lernen, bis er sich mit Asin und Daniel zusammengetan hatte.

Vielleicht war es ihr Mangel an Kraft. Asin war begabt und geschickt, schnell mit ihren Messern und sehr scharfsinnig. Aber es fehlte ihr an Kraft, um den stark gepanzerten Kreaturen zu schaden. Den übermäßig großen Monstern. Ob es nun Crawler oder Oger waren, Asin kam im Kampf gegen solche Monster schnell an ihre Grenzen. Daniel hingegen war stark – für einen Südländer –, aber ihm fehlte die Fähigkeit, seine Gegner zu überwältigen, oder der Mut zum direkten Schlagabtausch. Daniel war eine Felsenschildkröte, eine, die sich unter ihren schützenden Panzer kauerte und gelegentlich nach ihrem Feind biss. Felsenschildkröten waren schwer zu töten, aber leicht zu überrumpeln. Es war nur oft besser, ihnen auszuweichen, als sie zu verärgern.

Doch trotz aller Vorsicht, trotz all der Zeit, die sie damit verbrachten, den Kampf miteinander zu üben, sowohl auf schmalen Gängen als auch auf festen Plattformen, hatten ihre Planungen dieses Szenario nicht berücksichtigt.

„Bist du sicher, dass das der Weg war, den wir gekommen sind?", brummte Omrak.

„Ja", sagte Daniel und blickte sich auf der leeren Plattform um. Außer dem einzigen Steg, den sie benutzt hatten, um hierher zu gelangen, gab es keine weiteren. In kurzer Entfernung, kaum vier Meter, befand sich eine weitere

Plattform. Aber der Weg dorthin war nirgendwo in Sicht. „Da sind wir hergekommen."

„Also, machen wir einen Rückzieher?", fragte Omrak und rieb sich das Kinn. Das hatten sie schon viermal getan, auf der Suche nach einem neuen Weg zurück. Nur durch Glück und ein wenig gutes Raten hatten sie es geschafft, ihre jetzige Position zu erreichen.

„Es sind vier Meter …", sagte Daniel langsam. Bei dem gestrigen Test hatte der gepanzerte Abenteurer diese Distanz mit Anlauf überbrücken können. Wenn Daniel jetzt seine Rüstung ablegte, sollte die Entfernung kein Problem sein. Abgesehen davon, dass die Plattform nicht besonders groß war. Ein Fehler würde sie garantiert zu Fall bringen.

„Seil", zischte Asin und holte das Utensil bereits aus ihrem Rucksack. Einen Moment später hatte sie eine Reihe von Metallankern in der Hand und starrte zielsicher auf den Hammer in Daniels Hand.

„Hey, das ist eine Waffe, weißt du. Kein Werkzeug", protestierte Daniel und umklammerte seine verzauberte Waffe. Asins Schnauben und ihre ausgestreckte Hand verrieten ihren Standpunkt dazu.

„Komm, Held Daniel. Wir müssen alle etwas opfern", sagte Omrak und nahm Daniel sanft die Waffe ab. Gemeinsam befestigten er und Asin schnell eine Reihe von Ankerpunkten am Boden und fädelten das Seil hindurch. Asin war innerhalb von Sekunden mit dem Verknoten fertig und sprang ohne ein Wort in die Ferne. Sie hatte sich nicht einmal die Mühe gemacht, mit Anlauf zu springen, ihre kräftigen Beine angewinkelt unter ihr, als sie durch die Luft schwebte.

„Das wird in Tränen enden", murmelte Daniel, aber auf Omraks Drängen hin machte er sich bereit. Anstatt seine Rüstung komplett auszuziehen, nahm Daniel nur den Helm, den Brustpanzer und die Schulterpanzer ab, um ein wenig mehr Flexibilität zu haben. Danach schlüpfte er in den Beingurt, den Omrak aus dem neu gefundenen Seil gemacht hatte, und schnürte ihn fest um seine Taille.

„Keine Angst, Held Daniel, ich werde dich sichern", sagte Omrak mit einem Grinsen.

„Genau. Keine Angst", sagte Daniel. „Es ist ja nicht so, als würde ich mich von einem vollkommen sicheren Ort über einen ungewissen Abgrund stürzen."

„Nein, tust du nicht", sagte Omrak. „Du springst von einer Plattform."

Daniel seufzte und wich noch ein paar Meter zurück, bevor er nach vorne sprintete. In letzter Sekunde sprang er ab und legte die Strecke mit Leichtigkeit zurück. Zu leicht, denn er flog an Asin vorbei und landete zu drei Vierteln auf der Plattform, wobei er mit seinen gestiefelten Füßen vergeblich versuchte, seinen Schwung aufzufangen. Omrak grinste, als er Daniels Eskapaden beobachtete, beide Hände bereits am Seil. Mit einem starken Ruck zog er das Seil zurück und brachte Daniel nur wenige Zentimeter vor dem Fall zum Stehen.

„Aua!", schrie Daniel, als er fiel. Die geprellte Hüfte umklammernd, atmete Daniel ein paar Minuten lang ein und aus. Hinter ihm kicherte Omrak, während er das Seil entknotete und es dann unter seinem Arm zusammenbündelte. Omrak machte ein paar Schritte zurück, rannte und sprang und landete sicher auf der Plattform. Für einen Moment sackte die Plattform ein paar Zentimeter ab, eine Bewegung, die alle drei Abenteurer blass werden ließ, bevor sie sich wieder aufrichtete. Es gab zwar fallenreiche Gänge, aber von einer fallenreichen Plattform hatten sie noch nie gehört. Andererseits, dachte Omrak zynisch, hatte jede Gruppe, die eine solche erlebt hatte, wahrscheinlich nicht überlebt.

„Leichter als Luft", knurrte Asin leise.

„Die Verzauberung?", fragte Omrak.

„Ja.“

„Aye, das scheint ein vernünftiger Vorschlag zu sein“, sagte Omrak, während sie alle zusammen über den Rand spähten. Dennoch fragte sich ein Teil von Omrak, ob es wirklich einen Boden gab. Immerhin war das ein Dungeon. Mit einem Achselzucken seiner breiten Schultern verwarf Omrak die Angelegenheit. Es war besser, in einem Dungeon zu sterben, als zu Hause zu verhungern, weil der Winter so hart war. „Kommt. Wir haben viel zu sehen!“

***

„Held Daniel?“, rief Omrak und runzelte die Stirn, als er sich umdrehte, um den Mann zu finden, der still und in einiger Entfernung hinter ihnen stand und in den Nebel hinunterspähte. Omrak lächelte leicht, froh, dass seine Gruppenmitglieder nicht unter

Schwindelgefühlen litten, im Gegensatz zu einigen anderen, die er beobachtet hatte.

„Da unten ist etwas", sagte Daniel leise.

„Da unten?" Omrak runzelte die Stirn und lehnte sich über die Kante. Alles, was seinem Blick begegnete, waren wabernde Nebelschwaden, Wolkenbänke von sanftem Weiß, die gelegentlich zur Seite waberten, um andere, niedrigere Plattformen zu zeigen. Aber die waren alle weit weg. „Die Plattformen?"

„Nein. Gut, ja. Eine Plattform, glaube ich. Oder etwas anderes", sagte Daniel mit einem Stirnrunzeln. „Es ist direkt unter uns."

Asin ging in die Hocke und stützte sich mit einer Hand auf dem Boden ab, um nachzusehen. Omrak spähte ebenfalls, sah aber nichts und beschloss, den Himmel im Auge zu behalten. Sie waren zwar nahe genug am Eingang, dass es unwahrscheinlich war, dass die Kobolde sie angreifen würden, aber man konnte nie wissen.

Vielleicht stießen sie zufällig auf eine kürzlich wiedererwachte Gruppe.

„Land", knurrte Asin nach einem langen Schweigen, das Omrak vor Langeweile fast zum Hüpfen brachte.

„Also, ich sehe nichts", sagte Daniel erleichtert. Er ging nach vorne, um mit Asin zu reden. „Etwa fünfzehn Meter?"

„Neunzehn", sagte Asin.

„Wir haben etwa dreißig Meter langes Seil …", begann Daniel.

„Warum?", fragte Asin und runzelte die Stirn. Sie konnten vielleicht hinuntersteigen, aber wieder hinaufzukommen, würde schwierig werden. Neunzehn Meter Seil senkrecht nach oben zu klettern, ohne Hilfe, würde anstrengend sein.

„Ich dachte, ich hätte eine Truhe gesehen", erklärte Daniel.

Asins Gesicht hellte sich daraufhin sichtlich auf und sie beugte sich so weit vor, dass Daniel vor Angst um sie den Atem anhielt. Omrak selbst spürte den Sog einer Truhe und spähte über die Seite, sah aber immer noch nichts als Nebel. Ebenentruhen spawnten zufällig in einem Dungeon, blieben verfügbar, bis sie gefunden wurden, und respawnten dann einen Tag später. Sie enthielten immer einen großen Manastein, einen, der mindestens eine Stufe höher war als die, die man regelmäßig in den Monstern fand, die die Ebene durchstreiften. Man glaubte, dass Panqua diese Ebenentruhen erschaffen hatte, um Abenteurer in jede Ebene zu locken, damit sie umherstreiften und so die Monster säuberten.

„Wir sollten nicht alle nach unten gehen", sagte Daniel langsam und rieb sich in Gedanken das Kinn. Ein Problem mit Ebenentruhen war, dass sie oft in der Nähe des Ebenen-Champions spawnten – in diesem Fall ein Koboldaufseher. Das Team war wahrscheinlich nicht bereit, den Aufseher selbst zu bekämpfen. Aber bis jetzt hatte die Gruppe ihn noch nicht gesehen. In einer Ebene wie dieser konnte Nähe nicht viel bedeuten.

„Ich werde gehen", sagte Omrak entschlossen. Schon zog er sein Schwert aus der Scheide und holte das Seil aus seinem Inventar. „Asin, Anker?"

„Ja", sagte Asin, holte schnell Daniels Axt und hämmerte die Stacheln in den Boden. Mit besorgter Miene bereitete Daniel seine Armbrust vor, während er den Himmel beobachtete. Mit geübter Leichtigkeit ließ Omrak sich einen Gurt anlegen und am Seil befestigen, mit dem er seinen Abstieg verlangsamen konnte. Nachdem er das Seil und die Verankerungen überprüft hatte, rutschte Omrak die Kante hinunter, wobei er mit einer Hand langsam die Geschwindigkeit seines Abstiegs kontrollierte, während er sich mit der anderen am Seil stabilisierte. Es bedeutete immer noch, dass er erheblich schwankte, Winde und Bewegungen seines

Körpers warfen ihn von einer Seite zur anderen, aber es war ertragbar. Es erinnerte Omrak an die Tage in den Bergen, als er mit seiner Familie kletterte, um abgestürzte Schafe zu bergen oder Bergkatzen zu jagen.

„Lacht er etwa?", fragte Daniel Asin ungläubig, seine Worte wurden von einem Windwirbel aufgefangen und zu Omrak hinuntergetragen. Eine Veränderung des Windes sorgte dafür, dass Omrak Asins Antwort nicht hörte. Aber ja, er hatte gelacht. Welcher echte Held würde das nicht tun?

Der Nebel verschlang ihn nur allzu bald, seine Freunde verschwanden, während er sich weiter nach unten begab. Seine Sicht war blockiert, Omrak konnte sich nur auf seine Sinne und sein Urteilsvermögen verlassen, während er immer weiter hinabstieg. Im Nebel waren gelegentliche Kreischgeräusche zu hören, gedämpft wie das langsame Ächzen von sich bewegendem Gestein. Wie aus dem Nichts tauchte eine Felswand auf, die sich einen Meter vom Nordländer entfernt bewegte, um sich mit einer anderen Plattform zu verbinden. Mit trockenem Mund zwang sich Omrak, wieder zu schlucken. Von einem Steinsteg getroffen zu werden und zu sterben, wäre nicht sehr glorreich. Wenn auch ungewöhnlich, zumindest das.

Mit einem dumpfen Schlag landeten seine Füße auf dem Boden. Schnell zog Omrak sein Schwert vom Rücken und drehte sich suchend um. Nichts. Keine Feinde, keine Kreaturen. Da er sich ständig umdrehte und keinen Bezug zum Weg über ihm hatte, konnte Omrak nur langsam im Kreis gehen, während er nach der Truhe suchte. Der Nordländer ließ das Seil, das immer noch an seinem Körper befestigt war, hinter sich herlaufen, während er suchte.

Die schlichte Holztruhe lag in einer kleinen Mulde, leichter Tau bedeckte ihr Äußeres. Mit einem Stirnrunzeln erkannte Omrak, dass Asin nicht hier war, um deren Sicherheit zu überprüfen. Dennoch war seine frühere Erfahrung noch deutlich in seinem Kopf. Nach einem langen Moment streckte Omrak sein Schwert aus, legte die Schneide gegen den Spalt und stieß die Truhe auf, bereit, jederzeit zurückzuspringen. Als keine Explosion oder Giftwolke erschien, schritt Omrak hinüber, um den Manastein zu holen. Er war, anders als die von den Kobolden gewonnenen, von beeindruckender Größe. Als erfahrener Abenteurer konnte Omrak erkennen, dass er vom gleichen Seltenheitsgrad war wie die Steine, die die Kobolde hatten, aber mindestens dreimal so groß.

„Ja", sagte Omrak mit einem Grinsen. Das würde ihnen helfen, um ihre leeren Geldbörsen wieder aufzufüllen. Mit einer Bewegung verstaute er ihn in seinem Inventar, bevor er sein Schwert wegsteckte. Das war besser gelaufen, als er gedacht hatte.

Es war ein Gedanke, den Omrak Augenblicke später bereute, als die Kobolde ankamen. Auf halber Höhe des Seils, seine Muskeln bereits müde von dem quälenden Aufstieg, das Seil ständig schwingend, als der Wind auffrischte, hatte er keine Möglichkeit, sich zu verteidigen.

„Vorsicht!", knurrte Omrak. Daniel, der von oben schoss, schickte fast einen Armbrustbolzen durch Omrak statt durch einen Kobold, wobei sich seine miserable Zielgenauigkeit wieder einmal bemerkbar machte. Schlimmer noch, Daniel schien die sich schnell bewegenden Kobolde überhaupt nicht treffen zu können. Omrak blutete bereits aus Dutzenden von kleinen Schnitten, die die Kobolde in seinen Körper rissen, als sie vorbeiflogen.

„Tut mir leid!", rief Daniel, als er die Armbrust wieder auf den Boden legte und versuchte, sie neu zu laden.

„Vergiss das Schießen. Zieh mich hoch!“, schrie Omrak.

„Aber –“ Daniel zögerte eine Sekunde lang, bevor er den Gedanken verwarf, die Armbrust auf den Boden fallen ließ und das Seil ergriff. Mit einem Ruck begann er, seinen Freund hochzuziehen, wobei sich ein konzentrierter Blick auf seinem Gesicht abzeichnete. Neben dem stämmigen Abenteurer schleuderte Asin ihre Wurfmesser mit voller Wucht, um die Kobolde von dem Duo oben fernzuhalten.

Mit dem Ziehen von Daniel stieg Omrak nun schneller auf. Aber der blonde Riese konnte nicht anders, als sich zu fragen, wie lange sein junger Freund das durchhalten konnte. So stark er auch sein mochte, es war noch ein weiter Weg. Als ein weiterer Kobold an Omraks Schulter riss, gab er diese Gedanken auf und nahm eine Hand weg, um sich eine Axt zu schnappen. Mit dem verknoteten und umgedrehten Seil konnte er sich mit einer Hand festhalten. Das gab ihm die

Freiheit, mit der anderen Hand seine Waffe zu schwingen und sich ein wenig zu verteidigen.

„Hör. Auf. Dich. Zu. Bewegen", grunzte Daniel, die Knöchel weiß gegen das Seil.

„Ich verteidige mich!", grunzte Omrak im Gegenzug. Ein gut platzierter Schlag riss einen Flügel ab. Aber das Glück hielt nicht lang, denn ein Kobold stieß seine Klauen in Omraks linken Bizeps und riss an dem Muskel. Sein Arm war kraftlos, und Omrak begann, nach unten zu rutschen. Sein Fall wurde erst gestoppt, als er seine Axt fallen ließ, um mit der nun freien Hand nach dem Seil zu greifen.

„Asin!", rief Daniel eindringlich. Die Catkin versetzte den beiden Kobolden, die sie bedrängten, einen bösartigen Tritt, der sie zurückschrecken ließ und ihr eine Sekunde Zeit gab, über die Kante zu spähen. Als sie Omraks prekäre Position sah, warf sie ihr Messer hinunter und aktivierte ihr Skill *Messerfächer*. Die plötzlich vervielfachten Projektile fielen um den

Nordländer herum, wobei eines seine strampelnden Füße durchbohrte und ein anderes es schaffte, einen Kobold im Rücken aufzuspießen.

„Noch zwei Meter", grunzte Daniel vor sich hin. Sein Blick war leicht distanziert geworden, die Bedürfnisse des Augenblicks zwangen ihn, sich zu konzentrieren. Ein Kobold, der Asins Ablenkung als Gelegenheit nutzte, landete hinter Daniel und stieß seine Klaue vergeblich nach vorne. Der mehrschichtige eiserne Brustpanzer bot Daniel ausreichend Schutz, vor allem gegen ein Monster, das allein aus Instinkt kämpfte.

Als das obere Ende des Stegs in Sicht kam, warf Omrak seine Hand schnell darüber und nutzte den Schwung, um sein eigenes Bein darüber zu schwingen. Da Omraks Gewicht nicht mehr auf dem Seil lastete, taumelte Daniel nach hinten und entschied sich in einem Bruchteil einer Sekunde, sich mitreißen zu lassen. Seine in eine Rüstung gekleidete Gestalt fiel, überraschte den Kobold hinter ihm und zerquetschte das kleinere, geflügelte Höllenmonster unter ihm.

Um ihre leichte Beute betrogen, stürzten sich die Kobolde wütend auf das Trio und ignorierten die Vorsicht und ihren geflügelten Vorteil. In den nächsten Minuten kämpfte das Trio Rücken an Rücken und wehrte rasiermesserscharfe Klauen und gezackte Zähne ab. Am Ende waren die erfahreneren und besser ausgerüsteten Abenteurer siegreich, wenn auch nicht ohne Verletzungen.

„*Zeichen des Heilers*", sagte Daniel mit einem Stöhnen und wandte den Zauber auf Asin an, als er sie berührte. Die leicht gepanzerte Catkin, die gezwungen war, auf engem Raum zu kämpfen, hatte einen langen Schnitt quer über ihre Brust, der stark blutete, und einen weiteren entlang ihres Oberschenkels. Beides hätte in einer anderen Umgebung genäht werden müssen, aber da magische Heilung zur Verfügung stand, drückte Daniel die Wunde zu, bevor er sie fest verband. „Beweg dich für ein paar Minuten nicht. Lass den Spruch wirken."

„Wie viel hast du noch?", fragte Omrak, nachdem er die Wunde um seinen Bizeps abgebunden hatte. Auch er hatte den billigeren Zauber bereits auf sich wirken lassen.

„Ich habe genug für eine weitere *Kleine Heilung*", sagte Daniel. Beide Gruppenmitglieder verstanden jedoch, warum er sich weigerte, sie noch zu benutzen. Da das Mana fast ein Viertel des Tages brauchte, um sich vollständig zu regenerieren, konnte Daniel es sich nicht leisten, den Zauber zu verschwenden, falls eine weitere schwerere Wunde auftrat. „Sag mir wenigstens, dass da wirklich eine Truhe war."

„Da war eine. Und sie war nicht mit Fallen versehen!", sagte Omrak gut gelaunt. „Ich habe den Manastein."

„Gut. Sehr gut", seufzte Daniel und setzte sich wieder hin, die Augen halb geschlossen.

Omrak, der die Erschöpfung seines Freundes bemerkte, verstummte, nachdem er der Gruppe den Rücken zugewandt hatte. Zusammen saß das Trio auf dem Steg und hielt Ausschau nach Ärger. Trotzdem ertappte sich Omrak dabei, dass er lächelte. Sie hatten einen Ebenen-Manastein und etwas mehr als zwei Koboldsteine. Eine sehr anständige Ausbeute für einen einzigen Tag.

Kapitel 4

„Ihr seid das neue Team, nicht wahr?"

Die Stimme durchbrach das friedliche Intermezzo des Trios, als sie neben dem Kamin in der Einsamen Kerze saßen. Das Feuer wurde nicht angezündet, da der Herbst gerade anfing, sich bemerkbar zu machen und die dicht gedrängten Körper innerhalb des Gasthauses und die anhaltende Hitze des Tages ausreichten, um das Gasthaus warm zu halten. Zu warm für den Nordländer. Vor ihnen lag eine Spezialität aus Silverstone, ein Gericht namens „Pizza", das sowohl Asin als auch Daniel schon einmal probiert hatten und für gut befanden. Dieses Gasthaus schien jedoch eine Unmenge an Käse hinzugefügt zu haben.

„Ich schätze schon?", sagte Daniel und runzelte die Stirn, als er den Sprecher betrachtete. Mit einer Körpergröße von knapp über eins fünfzig hätte Daniel ihn vielleicht für einen Zwerg gehalten, wenn er nicht schon einmal ein tatsächliches Mitglied dieser Art getroffen hätte. Nein, das war nur ein kleineres, sehr gebräuntes Individuum mit einem ordentlich getrimmten Ziegenbart und schlechten Manieren.

„Gut. Ich bin der Vizegildenmeister der Seven Stones. Wir brauchen einen Heiler. Wir zahlen dir ein Gehalt, egal ob du erkunden gehst oder nicht, und Silber für jedes Mitglied, das du heilst. Außerdem bekommst du doppelte Anteile für jede Gildenerkundung, an der du teilnimmst", sagte der kleine Mann.

„Ähh …" Daniel blinzelte und starrte den Gildenmeister ausdruckslos an.

„Lass dich nicht von diesem Betrüger einlullen", unterbrach eine heisere, verführerische Stimme Daniel, bevor er etwas Weiteres sagen konnte. Die Sprecherin war eine ältere Dame, wahrscheinlich Mitte dreißig, gekleidet in ein enges Kleid und ein gepanzertes Mieder. Daniel bemerkte abwesend, dass ihr Kleid wirklich nicht viel schützen würde, so wie es ihre Brüste hochhielt. Aber vielleicht sollte es das auch gar nicht, wenn man bedenkt, dass fast alle Männer im Raum auf die Sprecherin konzentriert waren. Immerhin waren sie im Moment nicht im Dungeon. „Nicole Novak. Zunftmeisterin der Bent Nails."

„Bent Nails?", fragte Daniel und blinzelte.

„Das ist eine Frauengruppe", sagte der Vizegildenmeister der Seven Stones schnippisch. „Die nehmen keine Männer."

„Wir nehmen die meisten Männer nicht. Die meisten sind brutal und nervig und dumm", sagte Nicole, während sie ihr Gegenüber prüfend ansah.

„Ich bin nicht wirklich auf der Suche nach einer Gilde", sagte Daniel und unterbrach die beiden.

„Sei nicht dumm. Das sagen alle, bevor sie merken, wie schwer es ist, ohne eine Gilde voranzukommen. Wir haben spezielle Deals mit Händlern, Zugang zu Alchemisten und

Zauberern für spezielle Tränke, Karten und Tagebücher über all diese Dungeons. Du wirst dreimal so schnell vorankommen, als wenn du es allein machst."

„Trotzdem …"

„Lass es sein, Gadi", sagte Nicole. „Er will offensichtlich nicht mit dir arbeiten." Zu Daniel gewandt, beugte sich Nicole über den Tisch und warf dem jungen Mann einen Blick zu, als sie fortfuhr. „Aber denk bitte auch an uns. Wir machen Ausnahmen für außergewöhnliche Individuen. Und ich kann dir sagen, dass du eines bist. Und ich weiß, dass viele meiner Mitglieder sich schon darauf freuen, dich kennenzulernen …" Asin räusperte sich und brach damit die plötzliche Stille, die sich über den Tisch gelegt hatte. Nicole richtete sich auf, lächelte Asin an und neigte den Kopf zu ihr. „Und deine Freunde können wir auch jederzeit aufnehmen."

„Oh, du schamlose …“, begann Gadi und hielt dann inne, als die Wirtin neben ihm auftauchte. Die kurvige Frau lächelte ihn breit an. Der Vizegildenmeister wandte sich ihr zu und schenkte ihr ein angestrengtes Lächeln. „Nicht böse gemeint.“

„Dies ist ein Gasthaus. Ihr seid hier alle willkommen – wenn ihr etwas kauft“, sagte Erin spitz.

„Ich habe einen Tisch“, sagte Gadi eilig und deutete zu seinen Freunden hinüber. „Ich gehe dann mal wieder hin.“

Erin lächelte weiterhin breit, als Gadi sich eilig zurückzog. Als sie sich zu Nicole umdrehte, stellte sie fest, dass die Gildenmeisterin ebenfalls die Gelegenheit genutzt hatte, um zu verschwinden. Nachdem die Störenfriede beseitigt waren, wandte sie sich Daniel zu. „Du bist also ein Heiler, ja?“

„Ja …“, sagte Daniel langsam.

„Gut für dich. Wenn die Gilden dich belästigen, schrei einfach. Ich lasse nicht zu, dass sie ihre Rekrutierungen oder anderes Gesindel in mein Gasthaus bringen“, sagte Erin fest. „Und ich will nicht sehen, dass ihr sie reinbringt. Hört ihr?“

„Ja, Ma'am“, sagte Daniel eilig.

„Guter Junge. Du und deine Freunde seid ruhig und ordentlich, also bin ich froh, euch hier zu haben“, sagte Erin ein letztes Mal, bevor sie sich beeilte, um die nächste drohende Krise in ihrem Gasthaus zu bewältigen. Diese beinhaltete anscheinend einen Mangel an Bier.

„Ich fühle mich unzulänglich“, sagte Omrak mit einem Kichern. „Es scheint, dass meine Kraft nicht ausreicht, um Aufmerksamkeit zu erregen.“

„Heiler“, sagte Asin einfach und zeigte auf Daniel. Und dann, um ihren Standpunkt zu unterstreichen, griff sie hinüber und stupste

Omraks linken Arm an, wo der Verband seine noch heilende Wunde bedeckte. „Nützlich."

„Stimmt. Und das tat weh", sagte Omrak und riss seinen Arm von Asin weg. Ohne die Zaubersprüche, einschließlich des letzten, den Daniel versprochen hatte, später am Abend zu verwenden, war es unwahrscheinlich, dass sich das Trio morgen in den Dungeon wagen würde. Es würde mindestens eine Woche dauern, bis sie nach ihrem letzten Kampf ausreichend geheilt waren, um es zu versuchen. Genügend Heiltränke zu kaufen, um dasselbe zu tun, hätte fast den gesamten Gewinn dieses Streifzugs zunichtegemacht.

„Teilen?", fragte Asin.

„Nein. Lass uns das oben machen", sagte Daniel nach kurzem Überlegen. Während sie damals in Karlak ihren Verdienst oft im Freien geteilt hatten, war die Gemeinschaft dort viel kleiner und enger zusammengewachsen. Hier waren sie alle Fremde. Es war besser, auf Nummer sicher zu gehen.

„Okay." Asin nickte. Nach einem Moment fischte sie einige Münzen heraus und legte sie als Bezahlung auf den Tisch. Daniel nickte, während er versuchte, sein Gähnen zu verbergen. Er war ebenfalls erschöpft. Das Heilen und das Wirken so vieler Heilzauber war ermüdend.

***

„Ich denke, wir sollten zuerst einkaufen gehen", sagte Daniel am nächsten Morgen beim Frühstück leise. Anstatt in der überfüllten Gaststätte zu essen, hatte das Trio seine Schüsseln mit Haferflocken und einer Platte mit Speck und Eiern abgeholt und auf den Dachboden gebracht, nachdem sie gefräßig versprochen hatten, die Schüsseln anschließend wieder herunterzubringen.

„Einkaufen?", fragte Asin, langsam mit dem Schwanz wedelnd.

„Nun, ich würde gerne sehen, was andere Leute tun, um mit den Kobolden umzugehen. Und ich möchte die Preise für die Leichter-als-Luft-Verzauberungen erfahren", erklärte Daniel. „Gibt es irgendetwas, das ihr alle braucht?"

„Mehr Messer", sagte Asin und tätschelte ihr Messergeschirr. Das war zwar immer noch voll, aber Daniel wusste, dass sie fast die Hälfte der Messer, die sie gestern geworfen hatte, verloren hatte.

„Eine Axt wäre gut. Und vielleicht eine stabilere Hose", sagte Omrak und blickte auf die Beinkleider, die er gestern Abend gestopft hatte. „Und wir sollten den Dolch identifizieren."

„Okay. Es sieht so aus, als hätten wir einen Plan. Zusammen oder …?" Daniel unterbrach sich unsicher.

„Aufteilen", antwortete Asin sofort.

„Ich würde Gesellschaft begrüßen", sagte Omrak gleichzeitig. Daniel warf einen Blick auf den Jungen, der untypischerweise etwas nervös aussah. Nach einem Moment wurde Daniel klar, dass Omrak wahrscheinlich nervös war – das war eine sehr große Stadt. Besonders für jemanden, der die meiste Zeit seines Lebens in einem winzigen Dorf in den Bergen verbracht hatte.

„Dann wird Asin sich auf den Weg machen, und Omrak und ich werden einkaufen gehen", sagte Daniel und lächelte. „Wir werden uns heute frei nehmen. Vielleicht können wir heute Nachmittag ein bisschen trainieren."

Asin nickte kurz und leckte den letzten Rest ihrer Haferflocken auf, bevor sie aus dem Dachboden krabbelte. Daniel runzelte leicht die Stirn, neugierig, warum die Catkin so erpicht darauf war, alleine loszuziehen, aber nach einem Moment entschied er sich dagegen. Freunde oder nicht, sie hatte ein Recht auf ihre Privatsphäre.

„Kommt, lasst uns fortfahren!", sagte Omrak, während er auf den Resten des Specks kaute. „Ich freue mich auf die Erkundung dieser großen Stadt."

„Ja. Das auch", sagte Daniel und rieb sich das Kinn. „Wir sollten allerdings vorher Erin fragen, wohin wir gehen sollen."

„Wie du wünschst, Held Daniel."

***

„Verzauberungen? Hmmm …", brummte Erin und klopfte sich mit dem Holzlöffel gegen die Seite ihres Gesichts. „Nun, ich habe ein paar Verzauberungen für die Küche gemacht, aber sie sind nicht wirklich die, die du willst. Du suchst doch *Leichter als Luft* oder *Fliegen*, oder? Machst du den Porthos Dungeon?"

„Ja, Ma'am."

„Gut, dann hängt es davon ab, wie viel du ausgeben willst. Wenn du etwas Billiges und Brauchbares willst, ist Millicents in der Magic Road die richtige Adresse. Wenn du aber etwas willst, das länger als ein paar Monate hält, solltest du mit Poe unten in der Barbary Street sprechen."

„Was die Kosten angeht …"

„Wie viel würde das kosten, verehrte Gastwirtin?", grummelte Omrak über Daniel hinweg.

„Har. Verehrte Gastwirtin", sagte Erin mit einem Grinsen. „Millicent hat vorgefertigte Stiefel mit der Verzauberung drauf, ab etwa zwanzig Goldmünzen pro Stück, soweit ich weiß. Poe fertigt alles auf Bestellung an, also müsst ihr euch noch ein bisschen gedulden. Bei ihm sind es mindestens fünfzig Goldstücke."

Daniel hustete und tastete unbewusst nach seinem Beutel. Nicht, dass er heutzutage so viel darin aufbewahrte, dank seiner Fähigkeit zur

Inventarisierung. Diese Fähigkeit machte Taschendiebstähle bei Abenteurern viel weniger verlockend, was natürlich der Grund war, warum die meisten Abenteurer ihren Reichtum dort lagerten. Selbst nach all der harten Arbeit und dem erfolgreichen Verlauf der letzten Nacht hatte er nur noch sechs Goldstücke.

„Das ist zu teuer. Ich fürchte, ich werde die erste Ebene ohne solche Hilfsmittel bezwingen müssen", verkündete Omrak unverblümt. „Vielleicht sollten wir zuerst den Waffenschmied aufsuchen, Held Daniel."

„Ich würde sie trotzdem gerne besuchen", konterte Daniel und wandte sich dann wieder an Erin. „Danke für deine Empfehlungen."

„Kein Problem", sagte Erin mit einem Wink ihrer Hand. Sie eilte zurück in ihre Küche, um nach ihrem Eintopf zu sehen, während die beiden Abenteurer das Gasthaus verließen, immer noch darüber streitend, welchen Ort sie zuerst besuchen sollten.

***

Das Schmiedeviertel war eine ziemliche Wanderung entfernt, im südöstlichsten Teil der Stadt gelegen, wo die vorherrschenden Winde den ständigen Rauch über den Fluss Arq oder nach Süden hinaustrugen. Das hielt den größten Teil der Stadt frei von dem nicht enden wollenden Rauch der Schmieden und machte damit die meisten Menschen glücklich. Die einzige Ausnahme waren die Kohlehändler, die durch die Stadt selbst fahren mussten, um zu ihren größten Kunden zu gelangen. Glücklicherweise hatte der Stadtrat von Silverstone vor langer Zeit eine halbkreisförmige Straße gebaut, die außerhalb der Stadt verlief und groß genug war, dass die Wagen aneinander vorbeifahren konnten. Doch wie Menschen nun mal sind, beschwerten sich die Kaufleute trotzdem.

Anstatt den halben Tag damit zu verbringen, zum Schmiedeviertel zu laufen, zogen es die beiden vor, mit einer der vielen öffentlichen Kutschen zu fahren, die die Hauptstraßen entlangfuhren. Die großen gepanzerten Kutschen waren mit einem Kupfer pro Fahrt zwar teuer, aber sie bewegten sich schnell und schienen bei ihren endlosen Runden durch die Stadt nicht müde zu werden. Natürlich hielten die Kutschen nie an, sodass die Fahrgäste auf- und abspringen mussten. Trotzdem fanden sich die beiden in einer kurzen Stunde auf den Straßen des Viertels wieder und schauten den arbeitenden Schmieden zu, wie sie Aufträge erfüllten.

„Weg hier, Abenteurer. Eure Straße ist da unten", sagte eine mürrische Händlerin, als sie sich an den beiden langsam gehenden Abenteurern vorbeischob. Entsprechend gezüchtigt, eilten die beiden in die nächste Straße, wo, wie versprochen, Schmiede und

Rüstungsschmiede an Waffen und Rüstungen arbeiteten.

Die beiden schlenderten wachsam durch die Straßen, höchst interessiert an dem, was vor ihnen geschaffen wurde. Zu Daniels Überraschung zeigte Omrak ein großes Maß an Wissen über Schmiedekunst und kommentierte oft die verwendeten Methoden.

„Mein Vater schickte mich immer zu Onkel Graz, wenn er und meine Brüder auf der Jagd waren. Also habe ich den Blasebalg bedient und ab und zu ein paar Nägel gemacht", erklärt Omrak. „Ich bin kein Experte, und die meisten meiner Arbeiten waren kaum akzeptabel. Mein Herz schlug nie für Stahl."

Daniel nickte und verstand Omraks Standpunkt. Mehr noch, er wusste, dass Omrak sich wünschte, eines Tages in sein Dorf zurückzukehren, das Land neben dem Familienhof zu kaufen und sich als Bauer niederzulassen.

„Also, wonach suchst du?", fragte Daniel und warf einen Blick auf Omraks Hose.

„Hmm … Kettenhemd oder Schuppenpanzer. Wahrscheinlich wäre eine in Leder eingenähte Kette am besten", antwortete Omrak Daniel und fuhr mit einer Hand über seine Beine. „Ich mag die Einschränkung durch die Platten nicht. Es ist zu heiß."

„Wem sagst du das", murmelte Daniel. Da die beiden heute nicht in den Dungeon gehen würden, trug Daniel seinen alten ledernen Brustpanzer. Selbst dann musste er gelegentlich über seine Stirn streichen und aus seiner Feldflasche trinken. Gemeinsam schlenderten die beiden weiter die Straße hinunter und kommentierten verschiedene Waffen und Rüstungen.

„Ich fürchte, wir werden hier nicht finden, wonach wir suchen", sagte Omrak nach einer Weile. Die beiden waren schon die halbe Straße hinuntergegangen und hatten noch keine Hose gesehen, die dem entsprach, was Omrak sich wünschte. Das Naheliegendste, was sie gesehen hatten, war ein rockähnliches Objekt aus gebändertem Metall, das den größten Teil von Omraks Oberschenkeln bedeckte, aber immer noch seine Waden für Angriffe offenließ.

„Vielleicht sollten wir fragen?", schlug Daniel zögernd vor. Es war ziemlich offensichtlich, dass die Schmiede und Lehrlinge extrem beschäftigt waren und es nicht mochten, gestört zu werden. Dennoch nahmen die beiden ihren Mut zusammen und hielten an, um einen bestimmten Lehrling zu fragen, der sich gerade abkühlte.

„Panzerhosen?", schnaubte der Lehrling und schüttelte den Kopf. „Wir nähen hier nicht. Wir haben hier gute, solide Stahlhosen, Beinschienen und Poleyns, aber wir verkaufen einige unserer Kettenhemdteile an die Schreiber oben im Norden. Ihr findet sie neben den –", der Lehrling spuckte es fast aus, „Lederarbeitern."

„Danke", sagte Daniel. Da ihre wichtigsten Bedürfnisse geklärt waren, drehten die beiden um und fuhren zurück in den Norden, jedoch nicht bevor Omrak einen Ersatz für sein Beil gekauft hatte. Er gab sogar noch etwas mehr aus und kaufte ein weiteres als zusätzliche Reserve, um es aufzubewahren.

„Ich sehe hier mehr Beastkin", sagte Omrak, als die beiden sich wie angewiesen weiter nach Norden bewegten. Als sie sich dem Gebiet näherten, das weiter vom Fluss entfernt war und näher an den Schneidern, gab es sicherlich mehr Beastkin, die in den Schmieden arbeiteten.

„Keine Überraschung", sagte Daniel mit einem Seufzer. Es war zwar unwahrscheinlich, dass es sich um einen Fall von offenem Speziesismus handelte, aber Daniel wusste aus seinen Gesprächen mit Khy'ra und Asin, dass es leicht war, Mietgesuche zu „verlieren" oder sich für die Vermietung an andere, weniger bestienartige Spezies zu entscheiden. Die Kriege mit den Beastkin und deren gerüchteweise Verbindungen zu Ba'al wirkten sich auch noch Hunderte von Jahren später auf die Interaktionen zwischen Menschen und Beastkin aus. Als Omrak Anzeichen von Interesse zeigte, senkte Daniel seine Stimme und erklärte, wie die Welt funktionierte – so wie es ihm von den Älteren und Erfahreneren erklärt wurde.

„Ich mag solche Gebaren nicht", sagte Omrak schließlich und entschlossen. „Man sollte nach der Stärke seiner Waffen, der Ehre seiner Worte und der Tiefe seines Mutes beurteilt werden. Alles andere sollte verblassen."

„Nein, ich auch nicht", stimmte Daniel zu. „Deshalb bin ich auch etwas zögerlich, was die Gilden angeht. Einige von ihnen nehmen keine Beastkin auf. Andere behandeln sie wie Abenteurer zweiter Klasse."

„Wir sollten solche Orte nicht betreten", sagte Omrak fest, bevor er plötzlich grinste. Dann eilte Omrak davon wie ein Kind, das kostenlose Süßigkeiten entdeckt hatte, und ließ Daniel kopfschüttelnd zurück. Manchmal beneidete Daniel Omrak um seine Fähigkeit, die Dinge so einfach zu sehen. Aber zumindest in diesem Punkt stimmte er mit dem Nordländer vollkommen überein. Er würde seine Freundin nicht für mickrige materielle Vorteile im Stich lassen.

Was Daniel Omrak gegenüber nicht erwähnte, was ihm aber durch den Kopf ging, war seine Gabe. Wenn die Gilden jetzt um ihn konkurrierten, mit seiner mickrigen Heilungsfähigkeit, war ihre Reaktion, wenn sie von seiner Gabe erfuhren, wahrscheinlich noch größer. Es wäre das Beste, nur einer Gilde beizutreten, der er wirklich vertrauen konnte. Eine, die Daniels eigene Abneigung, seine Gabe zu sehr auszunutzen, schätzen und verstehen würde. Andernfalls könnten die Konsequenzen unvorstellbar sein.

„Komm, Freund Daniel. Passt mir diese Hose?", brüllte Omrak und seine laute Stimme durchbrach sogar das Klirren von Metall und das Zischen von kochendem Wasser. Daniel wurde rot im Gesicht und eilte hinüber, bevor Omrak noch etwas Peinliches sagen konnte, das die ganze Stadt hören konnte.

***

„Bist du Millicent?", fragte Daniel, Stunden später, als die beiden endlich das Schmiedequartier mit einem Paar gutsitzender Schuppenhosen und einem Fetzen Würde weniger verlassen hatten.

„Kommt darauf an, wer fragt. Wenn es der große Muskelprotz hinter dir ist, kann ich es bestimmt sein", sagte die alte Frau und musterte Omrak begierig. Omrak errötete bei der Aufmerksamkeit und wich schützend zurück, während er die Arme vor der Brust verschränkte. Das ließ Millicent nur noch breiter grinsen.

„Wir hatten gehofft, uns ein Paar Stiefel mit dem Zauber *Leichter als Luft* ansehen zu können", sagte Daniel, als er vor Millicent trat.

„Ja, ja. Ihr seid neue Abenteurer, die den Porthos-Dungeon machen. Wahrscheinlich habt ihr alle nicht einmal genug Gold, um euch ein einziges Paar zu kaufen", sagte Millicent mit einem Schnauben und winkte mit der Hand zu einer Ecke des Ladens. „Die neuen Schuhe sind dort, aber wenn du dich umdrehst, wirst du einige der gebrauchten sehen, die ich zurückkaufe und weiterverkaufe. Die Verzauberungen werden natürlich vor dem Verlassen des Ladens aufgefrischt."

„Gebraucht?" Daniels Stimme wurde daraufhin tatsächlich leicht aufgeregt. Die konnte er sich vielleicht leisten. Mit einem Nicken und Lächeln wandten sich Daniel und Omrak den Stiefeln zu, die hübsch nach Größen geordnet waren. Leider schien das die einzige Organisation zu sein, die von einfachen knöchellangen Stiefeln bis hin zu oberschenkelhohen Stücken mit Absätzen reichte. Mit ihren unterschiedlichen Größen teilten sich die beiden schnell auf, um nach möglichen Optionen zu suchen.

Daniel hatte es viel einfacher mit sechs verschiedenen Optionen, aus denen er wählen konnte. Während alle brauchbar waren, waren einige mehr abgenutzt als andere, und alle kosteten mindestens sieben Goldmünzen. Das teuerste Paar war mit neunzehn Münzen fast so teuer wie ein neues Paar.

Omrak hingegen hatte unter dem ständigen lächelnden Blick von Millicent nur ein Paar in seiner angeblichen Größe gefunden. Aber ein einfacher Test zeigte, dass der Träger viel schlankere Waden hatte, was Omrak dazu zwang, den Rest des Ladens zu durchstöbern. Der blonde Riese stellte bald fest, dass der

Großteil des Ladens auf diesen einen Zauber ausgerichtet war, mit Umhängen, Stiefeln und Anhängern, die alle den gleichen Zauber enthielten. Es waren überraschenderweise nur wenige Umhänge verfügbar, während die verkauften Anhänger alle neu waren.

„Eure Auswahl an Umhängen ist gering", sagte Omrak unverblümt, während er mit dem Finger auf ein bestimmtes Wollstück zeigte.

„Keine große Nachfrage. Umhänge werden bei Kämpfen leicht beschädigt", sagte Millicent und schüttelte den Kopf. „Ich habe die Verzauberungen in der Nähe des Kragens angebracht, aber trotzdem wollen nur wenige erfahrene Abenteurer verzauberte Umhänge. Ich habe jetzt Anhänger, die man ewig tragen kann."

„Für immer?", fragte Omrak und runzelte die Stirn. „Ich habe von Konflikten zwischen Verzauberungen gehört."

Millicent schnaubte leicht bei diesen Worten. „Oh sicher, wenn du ein Dutzend oder mehr tragen willst, musst du vorsichtig sein, wie sie deine Aura und dich selbst beeinflussen. Vor allem, wenn du ein Mananutzer bist. Ein großer Mann wie du schwingt sicher nur das Schwert, oder?" Auf Omraks Nicken hin lächelte sie. „Du kommst wahrscheinlich mit acht oder neun durch, bevor es ein Problem wird. Dein Freund da drüben, der Heiler? Er muss vorsichtiger sein."

„Ich verstehe nicht, warum", sagte Omrak.

„Zerbreche dir nicht deinen hübschen kleinen Kopf", sagte Millicent. „Wenn du an den Anhängern interessiert bist, kann ich jederzeit einen Deal mit dir aushandeln. Du kannst im Laden helfen, bis es abbezahlt ist."

„Hast du keine Angst, dass ich einfach abtauchen werde?", fragte Omrak und runzelte die Stirn.

„Ich würde mir zuerst deine Abenteurerkarte holen, mein Lieber", sagte

Millicent mit einem Gackern. „So alt bin ich noch nicht."

„Ich war mehr besorgt über meinen möglichen Tod", korrigierte Omrak sie. „Ich würde nie nehmen, was mir nicht gehört."

Millicents Grinsen wurde bei Omraks Worten nur noch breiter. Als sie sich hinüberbeugen wollte, um Omrak weitere Anhänger zu zeigen, trat Daniel schnell an Omraks Seite und zog an seinem Ellbogen. Als der blonde Riese ihn ansah, winkte Daniel ihn zu sich herunter und flüsterte ihm ins Ohr. Einen Moment später wurde Omraks Gesicht knallrot, bevor er sich umdrehte und den Laden stampfend verließ.

„Musstest du mir den Spaß verderben?", fragte Millicent und starrte Daniel an. Eine Hand kam unter ihrem Tresen hervor und hielt einen Zauberstab, den sie lässig bewegte.

„Das musste ich. Das musste ich wirklich", sagte Daniel und trat zurück. „Gut, ich kann mir noch nichts leisten. Ich komme ein andermal wieder.“

„Nein, das wirst du nicht. Aber dein Freund ist willkommen“, sagte Millicent bissig.

„Ja, Ma'am. Ich sage ihm Bescheid“, sagte Daniel, während er hinaushuschte. Draußen sah er die Straße auf und ab, bevor er seinen blonden Freund endlich fand. Als er ihn einholte, blickte Omrak geradeaus und weigerte sich, Daniel in die Augen zu sehen. *Tja, das war ein nicht so toller Einkaufsbummel*, dachte Daniel. Trotzdem, wenn sie schon mal hier auf der Magic Road waren, sollten sie in der Lage sein, jemanden zu finden, der den Dolch identifizieren konnte.

Mit diesem Gedanken im Hinterkopf begannen die beiden, die Straße entlangzugehen und den Ladenbesitzern dort Fragen zu stellen. Schnell wurde den beiden klar, dass die meisten Ladenbesitzer genau das waren – Ladenbesitzer. Nur sehr wenige hatten Zauberer im Haus, und die wenigen, die einen hatten, weigerten sich, ohne Termin mit ihnen zu sprechen. Sie näherten sich dem Ende der Straße und hatten gerade einen heruntergekommenen, spärlichen Laden betreten, in der verzweifelten Hoffnung, jemanden zu finden, als sie dem Gnom begegneten.

Der Gnom saß auf einem Hochstuhl, grübelte über einer einzelnen Armschiene, zwickte vorsichtig an dem Golddraht, der sie zusammenhielt, und war ganz in seine Arbeit vertieft. Rosafarbene, kurz geschnittene Haare und eine lederne Handwerkerschürze zusammen mit großen, klobigen Handschuhen und einer Schutzbrille bedeckten das Gesicht der Zauberin. Die beiden standen still und respektvoll an der Seite und warteten darauf, dass sie fertig wurde.

Mit einem leichten Ausatmen setzte der Gnom die Zange ab, lehnte sich zurück und streckte sich. Als sie das tat, sah sie die beiden und zuckte zusammen, wobei sie einen leisen

Aufschrei ausstieß, als sie aus dem Gleichgewicht geriet und vom Stuhl fiel. Die beiden Abenteurer hasteten nach vorne, Omrak und Daniel entschuldigten sich ausgiebig, während der Gnom sofort wieder aufstand.

„Entschuldigung, Entschuldigung, Entschuldigung! Ich habe euch Kunden nicht gesehen! Was kann ich für euch tun? Sara Vorfix zu euren Diensten!", sagte Sara aufgeregt. „Wir haben im Moment nicht viel auf Lager, aber wenn ihr Auftragsarbeiten braucht, kann ich euch die besten Preise der Stadt geben!"

„Wir brauchen eine Identifizierung", sagte Omrak, zog das verzauberte Messer heraus, das sie in Peel erworben hatten, und legte es auf den Tresen.

„Oh." Entkräftet hörte Sara auf, vor Aufregung zu hüpfen. Trotzdem griff sie nach dem Messer und zog es aus der Scheide, zog eine Vergrößerungslinse aus ihrem Gürtel und begann die Untersuchung. Nach zwanzig

Minuten nickte sie schließlich, fast zu sich selbst. „Das war langweilig.“

„Pardon?“

„Es ist eine langweilige Verzauberung. *Der Fluch der Schlange*“, sagte Sara. „Gift. Es ist ein sich langsam aufbauendes Gift, sodass es mit jedem Schlag stärker wird.“

„Ah“, nickte Daniel und warf dann einen Blick auf Omrak. Die beiden seufzten, denn sie wussten, dass es keine besonders nützliche Verzauberung war. Zumindest für sie. „Kaufst du verzauberte Waffen?“

„Ja“, begann Sara enthusiastisch und ließ dann plötzlich nach: „Aber ich habe im Moment kein Geld dafür.“

„Oh.“

„Ich könnte es auf Kommission nehmen?“, sagte Sara langsam, ihre Augen weit und hoffnungsvoll. „Ich könnte euch ein besseres Angebot machen.“

„Das ..." Daniel und Omrak tauschten Blicke aus und bemerkten, wie schäbig der Laden aussah. Dennoch hatte Daniel ein gutes Gefühl bei dem Gnom. „Gut, vielleicht. Wie wären die Bedingungen?"

Grinsend beugte sich Sara vor und begann mit den Verhandlungen. Kurze Zeit später verließen die beiden den Laden, einen verzauberten Dolch weniger und mit einem neuen Vertrag in der Tasche. Im Ladeninneren war Sara bereits damit beschäftigt, zu putzen und sich darauf vorzubereiten, die neue Waffe auszustellen, offensichtlich temperamentvoller als je zuvor. Nachdem sie ihre Geschäfte im magischen Sektor abgeschlossen hatten, beschlossen die beiden, zum Trainingsgelände zu gehen.

***

„Willkommen zurück, Jungs!", begrüßte Seth die beiden, als sie hereinschritten. „Hier, um das Gelände zu nutzen?"

„Ja, Sir", sagte Daniel. „Wir hoffen, dass wir vielleicht mit einem der Trainer sprechen und mit ihnen für die Taktik sprechen können bezüglich der ersten …"

„Ebene von Porthos", beendete Seth für Daniel und lächelte. „Natürlich willst du das. Das macht dann zwei Silber."

Nachdem die beiden die Münze übergeben hatten, wurden sie zu Quinn geführt, einem älteren Mann, der über ein Buch hinwegschielte. Um den Mann herum standen eine Vielzahl von Kisten und Probengläsern, viele mit erkennbaren Beutestücken.

„Ja?", sagte Quinn.

„Uns wurde gesagt, Sie könnten uns mit den Kobolden helfen?", sagte Daniel, unsicher, was dieser Mann tun konnte.

dieser Mann tun konnte.

„Richtig, richtig. Kobolde. Es sind immer die Kobolde", murmelte Quinn. Mit einem Schnippen klappte er das Buch zu und schob es unter den Tisch, bevor er sich der Truhe zu seiner Rechten zuwandte. Innerhalb von Sekunden hatte er ein überraschend vollständiges Kobold-Exemplar herausgeholt, dessen Körper leicht glühte.

„Hier haben wir einen gewöhnlichen Höllenwichtel. Wie ihr seht, ist dieses Exemplar mit einer Größe von einem Meter durchschnittlich für seine Art. Höllenkobolde sind bekannt für Angriffe mit ihren scharfen Klauen und dafür, dass sie Beutetiere, die sie verärgert haben, beißen. In der Wildnis sind die Höllenkobolde dafür bekannt, dass sie Krankheiten und andere infektiöse Substanzen unter ihren Nägeln tragen, aber die im Dungeon, die keine solche Quelle haben, sind unbedenklich. Abenteurer sollten sich jedoch immer vor ihren fliegenden Angriffen in Acht nehmen, da die Kobolde dazu neigen, verstümmelnde Manöver durchzuführen. Wie ihr hier sehen könnt, sind die Flügel der Kobolde ähnlich wie die der dunklen Flügelfledermaus mit Schwimmhäuten zwischen den dünnen Gliedmaßen. Anders als bei der dunklen Flügelfledermaus gibt es keine Zehen am Ende des Flügels …"

Eine halbe Stunde später gingen die beiden Abenteurer mit einem benommenen Gesichtsausdruck von Quinn weg, direkt in die Arme des lächelnden Waffenmeisters, der sie zu seiner Ecke des Trainingsgeländes führte. Dort waren eine Reihe von Waffen ausgelegt, bereit, für Trainingszwecke ausgeliehen oder getestet zu werden.

„Hattest du ein gutes Gespräch mit Quinn?", sagte der Waffenmeister neckisch. „Mach dir keine Sorgen; du kannst ihn immer dazu bringen, dir alles zu erklären, was du nicht verstanden hast."

„Ich … danke", murmelte Daniel und starrte die Waffen an.

„Mateo", ergänzte der Waffenmeister auf Daniels Zögern hin. „Und gerne. Lass uns über Taktik und Waffen sprechen, jetzt, wo du etwas über die Kobolde weißt."

„Äh …"

„Gut, was weißt du über sie?", sagte Mateo ungeduldig.

„Sie fliegen. Leichte Knochen, damit sie fliegen können. Wenig Körperfett, hoher Stoffwechsel", wiederholte Daniel. Im Gegensatz zu Omrak hatte er mit seinem eigenen Wissen über Biologie, das er durch das Studium der Heilkunde erworben hatte, einen bedeutenden Teil von dem verstanden, worüber Quinn gesprochen hatte. Er litt nicht mehr unter dem Ansturm der Informationen und begann, wirklich nachzudenken. „Sie werden schnell müde."

„Stimmt“, sagte Omrak und erinnerte sich an vergangene Schlachten. „Sie landen nach ein paar Durchgängen.“

„Und sie sind wegen der Knochen leicht zu verletzen. Ihre Haut ist straff gespannt, besonders entlang der Flügel. Nicht viel Elastizität“, sagte Daniel.

„Sieh an, sieh an. Du hast zugehört“, sagte Mateo mit einem Lächeln. „Das ist auch wahr. Zu viele Abenteurer bekämpfen sie, als würden sie eine Harpyie bekämpfen, aber das ist nur eine Verschwendung von guten Pfeilen.“ Mateo streckte die Hand nach dem Tisch aus und hob eine seltsam aussehende Armbrust hoch. Anstatt eines einzelnen, schmalen Schaftes, in dem ein Bolzen saß, war ein hohler Zylinder angebracht. Ein langer Schnitt verlief entlang des Zylinders und ermöglichte es, den Bogen zu spannen, indem man das Ende der Bogensehne zurückschob, die mit etwas im Zylinder selbst verbunden zu sein schien. „Das hier ist ein

Steinbogen. Man benutzt diese", eine Hand zeigte auf eine Reihe ähnlich großer Felsen, die von silbergrünen Adern durchzogen waren, „darin. Lädst ihn, zielst und feuerst. Achte nur darauf, dass du ihn ein wenig nach oben gerichtet hältst, die Steine können herausrollen, wenn du nicht aufpasst."

„Knallsteine", sagte Daniel und identifizierte die Steine sofort. Das war natürlich nicht die offizielle Bezeichnung, aber bei den Bergmännern war er unter seinem umgangssprachlichen Namen am besten bekannt.

„Du weißt von ihnen", sagte Mateo leicht überrascht.

„Ich war mal ein Bergmann." Daniel runzelte die Stirn und erinnerte sich an seine Erfahrung mit diesen Steinen. Sie waren eine ungewöhnliche Erscheinung in den Bergen, hatten aber die Tendenz zu explodieren, wenn sie zu hart angeschlagen wurden. Die Steine selbst waren solide; es war die Ader aus silbergrauem Metall, die Probleme verursachte. Wenn man mit einer Ader aus saugfähigem Gestein konfrontiert wurde, mussten die Bergleute entweder langsam um die Ader herum arbeiten, das Flöz aufgeben oder auf die Ankunft eines erfahreneren Bergmanns warten.

„Gut, das erklärt einiges. Die Scherben sind nicht groß, und der Steinbogen ist gegen die meisten anderen Monster nutzlos, aber die Kobolde im Flug werden leicht ausgeknockt und zu Boden gebracht. Wenn man sie damit trifft, zerfetzen ihre Flügel und zwingen sie zur Landung", sagte Mateo. „Die andere Möglichkeit ist natürlich Tank und Spank."

„Tank und Spank?", sagte Daniel mit einem Stirnrunzeln. Als Antwort zeigte Mateo auf die großen Turmschilde.

„Tanke die Angriffe, warte, bis die Kobolde müde werden. Und dann versohlst du ihnen den

Hintern, wie den ungezogenen Jungs, die sie sind.“

„Ah …“ Omrak ging zu den Turmschilden hinüber und hob sie hoch. „Ich mag solche Utensilien nicht. Aber wenn die Kobolde mir nicht direkt gegenüberstehen, ist das vielleicht eine akzeptable Vorgehensweise.“

„Das ist die richtige Einstellung! Wir vermieten diese ganze Ausrüstung auch. Man muss natürlich eine Kaution hinterlegen, nur für den Fall, dass man stirbt, aber es ist billiger, als sie direkt zu kaufen. Du wirst feststellen, dass sie in der nächsten Ebene nicht mehr so gebraucht werden“, sagte Mateo, jetzt ganz geschäftlich.

„Danke. Ich denke, das werden wir“, sagte Daniel, während er den Steinbogen hochhob.

„Ich bin froh, dass ihr jungen Leute das ernst nehmt. Die meisten anderen verstehen nicht, was einen großen Abenteurer ausmacht.“

„Nur Mut!“, sagte Omrak enthusiastisch.

„Vorbereitung", sagte Daniel leiser und erinnerte sich an eine der ersten Unterhaltungen, die er je hatte.

„Das ist richtig. Vorbereitung. Mut kann man kaufen. Vorbereitung ist der Schlüssel!", sagte Mateo und klatschte Daniel auf die Hand. „Ich sehe große Dinge in deiner Zukunft, junger Mann. Wenn du überlebst."

Kapitel 5

„Glaubst du, er hat uns gesehen?", fragte Daniel, während sie den Koboldaufseher in der Ferne beobachteten. Der Aufseher befand sich auf einer besonders großen Plattform, die von einer Horde Kobolde geschützt wurde. Die ganze Gruppe schien faul herumzuliegen und gelegentlich in Kämpfe auszubrechen, während sie auf eine unglückliche Abenteurergruppe warteten. Von einer höher gelegenen Plattform aus schaute das Trio auf die Gruppe herab und zog sich langsam zurück, während sie über ihre Optionen nachdachten. Es war erst eine Woche seit ihrem ersten Besuch in der ersten Ebene von Porthos vergangen, und obwohl die Gruppe es geschafft hatte, im Kampf gegen die Kobolde etwas Selbstvertrauen zu gewinnen, sollten sie es aus Vorsicht noch nicht mit dem Aufseher versuchen.

„Ja", sagte Asin und zeigte auf ihn. Die sich zusammenbrauende Szene des Chaos, in welcher der Aufseher die Kobolde in Aktion trat und sie plattmachte, hinterließ ein Gefühl des Grauens in Daniels Magen. Schnüffelnd drehte sich Asin um und sah sich um, bevor sie hinzufügte. „Rieche nur die."

„Es scheint, als müssten wir kämpfen", sagte Omrak und ging nach vorne zu der Stelle, wo der Steg mit der Plattform verbunden war, auf der sie sich befanden. Er stützte den Turmschild auf den Boden und ließ ihn für den Moment ruhen, während er wartete.

„Ba'als Tränen", fluchte Daniel und spannte den handgehaltenen Steinbogen wieder an. Das war sein zweiter, denn er hatte festgestellt, dass die schwereren Bögen ihm weniger nützten. Tatsächlich hatte sich Daniel in die Waffe verliebt – seine miserable Treffsicherheit wurde durch die Explosivität des Geschosses deutlich kompensiert. Er musste die Kobolde nicht treffen, sondern nur den Schuss in ihre Nähe bringen, um Schaden anzurichten.

Im Gegensatz zu den beiden hatte Asin weder ihre Waffen noch ihren Kampfstil geändert. Was sie jedoch trug, war ein neuer verzauberter Harnisch, der die Messer, die sie daraus zog, ständig durch die in ihrem Inventar ersetzte. Es war eine mächtige Verzauberung, eine, die sie erst heute zu tragen begonnen hatte. Daniel war etwas überrascht, als er ihn sah, da er wusste, wie teuer so eine Verzauberung sein konnte – und die Tatsache, dass Asin selbst vor nicht allzu langer Zeit eine von Tevfik gekauft hatte. Andererseits stand es ihm nicht zu, ihr vorzuschreiben, wie sie ihr Geld ausgab. In jedem Fall war Asin nun weniger besorgt, dass ihr mitten im Kampf die Messer ausgehen könnten, und ihre Effektivität im Umgang mit den Kobolden war gestiegen.

„Kommen", sagte Asin und lenkte Daniels Aufmerksamkeit zurück. Die Herde der Kobolde hatte sich in der Luft einmal geteilt und kam aus drei Richtungen auf die Gruppe zu. Der erste flog direkt vor dem Aufseher, der sich Zeit ließ, auf das Trio zuzugehen. Der zweite und der dritte versuchten jeweils, die Gruppe zu flankieren.

Ohne ein Wort zu sagen, nahmen alle drei Abenteurer die Ecken eines Dreiecks ein, sodass jeder von ihnen genug Platz hatte, um bei Bedarf zurückzutreten, während sie warteten. Es würde nicht lange dauern, bis die ersten Kobolde, die direkt vor ihnen kamen, eintrafen. Omrak brüllte die *Herausforderung des Nordens,* um ihre Aufmerksamkeit auf sich zu lenken und sie zu zwingen, seinen erhobenen Turmschild anzugreifen. Tief unter dem angewinkelten Schutz zusammengekauert, konnten die Kobolde nur abstürzen, springen oder ausweichen, je nach ihrer eigenen Natur. Ein besonders mutiger Kobold landete auf dem Schild selbst und versuchte mit seinen Klauen, den Schutz zu entfernen. Es war eine Aktion, die sein Leben beenden würde, denn Omrak machte einen schnellen Schritt nach vorne und rammte den Schild und den Kobold in einen anderen, wodurch beide Kobolde in den Nebel stürzten.

Kurz darauf trafen die anderen geflügelten Angreifer ein. Daniel schoss und lud so schnell er konnte und zog während des Kampfes Steine aus dem sorgfältig entworfenen Bandelier über seiner Brust. Nach Daniels Einschätzung war das der sicherste Ort, um explosive Steine aufzubewahren – direkt vor dem größten und stärksten Stück Rüstung, das er hatte. Sicherlich besser als um seine Taille. Steine flogen aus der Armbrust, einige explodierten ein paar Meter von Daniel entfernt und zersprangen in Scherben, die kleineren Steine klangen wie heftiger Regen auf einem Metalldach, als sie an seiner Rüstung zerschellten. Die meisten Steine explodierten ein paar Meter von ihm entfernt, um die fliegenden roten Monster zu treffen und zu verletzen.

Asin war auf ihrer Seite konzentriert, ihre Hände schnippten regelmäßig aus, während sie präziser arbeitete. Jeder Angriff traf entweder einen Kobold oder zwei, während sie ihr Skill *Messerfächer* auslöste. Die Angriffe zielten oft auf Kobolde, die etwas weiter vorne und über dem Rest standen und deren plötzliche Bewegungslosigkeit oder zerrissene Flügel für weiteres Chaos am Himmel sorgten. Im Gegensatz zu Daniels verstreutem Vorgehen oder Omraks Steinmauer fielen ihre Kobolde und blieben unten.

„Aufseher!", rief Omrak. Der blonde Riese konzentrierte sich und zog den großen Schild zurück in sein Inventar, sein Gesicht zeigte Anstrengung, weil er sein Mana auf so eilige Weise benutzt hatte. Doch von dem lästigen Schutz befreit, nutzte Omrak die Gelegenheit, seinen Gegner anzugreifen.

„Verdammt noch mal, Omrak!", knurrte Daniel, als sein Freund ein Loch in ihre

Verteidigung riss. Wenigstens hatte er gewartet, bis die erste Gruppe weg war, sodass die beiden eine Chance hatten, sich zu erholen. Daniel ließ einen weiteren Stein fallen und zog die Sehne zurück, während er nach einer guten Stelle zum Zielen suchte. Als er sie einen Moment später gefunden hatte, hob er die Waffe und löste sie aus, wobei ihm die Arme bereits von der ständigen Bewegung schmerzten. Um Zeit zu sparen, hatte Daniel seinen Schild in der linken Hand behalten, was ihn zwang, das zusätzliche Gewicht zu tragen, während er seine Armbrust lud.

„Los!", fauchte Asin, während sie einen Schritt zur Seite machte, um ihre Position anzupassen. Mit einer Handbewegung hatte sie zwei Messer in der Hand, die sie bereit und tief hielt, während sie sich hinhockte und die Kobolde beäugte, die sich wieder zu einem Schwarm zusammengefunden hatten.

Daniel knurrte, befolgte aber ihren Rat und vertraute darauf, dass Asin die Dinge regeln würde, während er den nun leeren Steinbogen fallen ließ. Daniel griff nach seinem Gürtel und zog seinen Hammer heraus, während er zusah, wie Omrak einen Schnitt quer über seinen Rücken erhielt, wobei die Peitsche des Aufsehers eine brennende Spur auf dem Körper des Nordländers hinterließ, wo er noch ungeschützt war. Als er zu seinem Freund hinüberging, um ihm zu helfen, nahm sich Daniel die Zeit, ein *Zeichen des Heilers* auf ihn zu wirken.

„Seite an Seite", sagte Daniel, als er ankam, und fing die Peitsche hoch auf seinem Schild ab, während Omrak keuchte. „Ich gehe zuerst; du gehst einen Schritt hinter mir."

„Ich schaffe das."

Ohne Omrak Zeit zu geben, zu argumentieren, stürmte Daniel vorwärts, den Schild hochhaltend. Omrak knurrte, folgte einen Schritt hinter ihm und wartete auf seine

Gelegenheit. Die Peitsche des Aufsehers wirbelte im Gegenzug schneller und schlug immer wieder nach Daniel. Doch Daniels Plattenpanzer und Schild absorbierten den Großteil der Angriffe. Die, die zwischen den Lücken durchschlüpften, hinterließen nur brennende und stechende Schnitte. Geschützt von seinem Freund, schloss Omrak die letzten Meter in einem Energiestoß auf und umging Daniel, als der Aufseher versuchte, sich zurückzuziehen, um seine Waffe voll auszunutzen.

Zurückgelassen von dem sich schnell zurückziehenden Aufseher – und Omrak, der dicht bei ihm blieb, sein Schwert schwang und die Versuche der Kreatur, zu entkommen, vereitelte –, sackte Daniel auf ein Knie und keuchte vor Anstrengung. Es dauerte nur einen Moment, bis das Geräusch eines Handgemenges hinter ihm seine Aufmerksamkeit wieder auf seine Catkin-Freundin lenkte. Asin rang und kämpfte mit dem letzten halben Dutzend Kobolde, die sich an ihrem Körper festkrallten, und ignorierte dabei die Stromstöße und die Ablenkung durch ihren Anhänger gleichermaßen.

„Asin!", rief Daniel, Besorgnis in den Augen, während er nach vorne eilte. Zum Glück war der Rückweg wesentlich schneller und ohne die Gefahr, ein Auge zu verlieren. Als er sich näherte, löste Daniel *Schildschlag* aus, während er in den Haufen von Körpern krachte, der seine Freundin am Boden hielt. Seine Bewegung ließ ein paar Kobolde herumfliegen, deren leichtere Körper der Masse des stämmigen, gepanzerten Abenteurers nicht standhalten konnten. Ein Schmerzensschrei zeigte an, dass sie vielleicht nicht die Einzigen waren.

Als Nächstes wurde der *Doppelschlag* ausgelöst, der es Daniel ermöglichte, schnell ein weiteres Paar Kobolde zur Seite zu fegen. Ein besonders großer Kobold, der auf Asins linker

Hand saß, drehte sich und knurrte Daniel an, seine Zähne waren rot vor Blut. Diesem Kobold verpasste Daniel *Perins Schlag*, seine Gabe *Schwäche finden* leitete seinen Körper so, dass er auf die Seiten seiner Rippen zielte, wo seine Lungen waren. Der Angriff sprengte das Monster von der wütenden Catkin und nahm einen weiteren Kobold mit. Im nächsten Moment hatte sich Asin zusammengerollt und jaulte vor Schmerz.

„Runter!", knurrte Asin und deutete auf Daniels Füße.

„Wa … Entschuldigung!", sagte Daniel und schlurfte schnell zur Seite, als er seinen Fuß von ihrem Schwanz entfernte. Sofort wickelte er sich um ihren Körper, nur das Ende, auf das getreten wurde, rollte sich nicht richtig ein. Aber Daniel hatte keine Zeit, sich darauf zu konzentrieren, da sich die letzten paar Kobolde von ihrem Schock erholten. Die beiden stürzten sich begierig auf die verbliebenen Kobolde, Hammer und Messer blitzten auf, als sie ihnen das Leben nahmen, bevor es endlich vorbei war.

Omrak und der Aufseher kämpften immer noch in der Ferne gegeneinander. Der übergroße muskulöse Kobold mit seinen winzigen Flügelnoppen hatte seine Peitsche gegen seine Klauen eingetauscht, um den Nordländer zu packen. Omrak wiederum hatte seine eigene Waffe fallen lassen, sodass die beiden sich auf dem sandigen Boden wälzten.

„Meinst du, wir sollten helfen?", fragte Daniel Asin, während die beiden hinübergingen. Ihr Atem war schwer, als sie versuchten, sich zu beruhigen. Asin hinkte, ein Auge war durch Blut verklebt, wo ein Schlag einen Teil ihrer Stirn weggerissen hatte. Ein hastiger Verband hielt die Haut an Ort und Stelle, während Daniels *Zeichen des Heilers* an ihr wirkte. Seine *Kleine Heilung* hatte bereits geholfen, ihre Schmerzen und Verletzungen zu lindern.

„Gefährlich", sagte Asin, dem Daniels Sinn für Humor im Moment offensichtlich nicht gefiel. Er testete seinen Knöchel, weil er es irgendwie geschafft hatte, ihn zu verdrehen, und begann vorwärtszujoggen, wobei er die beiden beobachtete. Er konnte bereits spüren, wie sein Skill wirkte und seine Gedanken leitete. Als er nahe genug war, sprang Daniel und schrie laut auf, kurz bevor er neben den beiden landete, wobei der Hammer bereits nach unten ragte.

Als Daniels Hammer den Hinterkopf des Aufsehers traf, breitete sich ein weißer Blitz über den Aufseher aus. Er hüllte die Kreatur in das Licht ein und tanzte einen Moment lang, bevor er wieder in den Hammer absorbiert wurde. Neben seinen normalen Runen erschien eine neue, die stilistisch wie ein Kobold aussah.

Der Angriff, angetrieben durch Daniels Sprung und sein Skill, hatte den Aufseher genau getroffen, während Omrak das Monster festhielt. Der Aufseher, der durch wiederholte

Schläge und ein paar Schnitte bereits verletzt war, gab sein letztes bisschen Leben auf und zerfiel in blaue Flecken, als Omrak zusammenbrach und seine Hände neben sich ausbreitete. Überall auf den unbedeckten Teilen seines Körpers bluteten sowohl leichte als auch tiefe Kratzer.

„Zeichen des Heilers", flüsterte Daniel und benutzte erneut die Stimmkomponente, um Omrak zu heilen. Danach zwang er sich, aufzustehen. Asin war in die Nähe geklettert, um sich den Manastein zu schnappen, und ging dann wieder weg, da sie plötzlich deutlich mehr Energie hatte, um die restlichen Steine aufzuheben.

„Warum bist du gegangen?", fragte Daniel, sobald er wieder zu Atem gekommen war. Da er wusste, dass Asin diesen Aspekt der Erforschung genoss, war Daniel dankbar für die Chance, sich auszuruhen und seine eigenen Verletzungen zu überprüfen. Es war das Beste, es sofort zu tun, bevor das Adrenalin nachließ und er bemerken würde, dass er schon seit Ewigkeiten blutete, ohne es zu merken.

„Die Waffe des Aufsehers war zu lang. Ich hätte euch beide nicht schützen können, wenn ich geblieben wäre", sagte Omrak und gestikulierte dorthin, wo die Waffe überraschenderweise nicht verschwunden war. Asin jagte weiter durch die Gänge und hob die Steine auf.

„Das ist ziemlich schlau", sagte Daniel. Im Eifer des Gefechts hatte Daniel diesen Faktor nicht erkannt.

„Ich auch nicht", sagte Omrak plötzlich und grinste. „Erst als du dich zu mir gesellt hast, ist mir klar geworden, warum ich es für richtig halte."

Daniel seufzte und stützte seinen Kopf auf das kalte Metall seiner Rüstung. *Verdammt noch mal, Omrak. Ich war gerade dabei, deine Entscheidung zu respektieren.*

„Was war das mit deinem Hammer?", fragte Omrak und wechselte das Thema.

„Oh! Die Verzauberung wurde endlich ausgelöst", sagte Daniel fröhlich. Er hob seine Hand und teilte die Informationen der Waffe mit seinem Freund.

Stahlspitzhammer

Schaden: 8 - 12 + .5 Stärke + 2 Qualitätsbonus

Dauerhaftigkeit: 47 / 50

Gegenstandsklasse: Verzaubert

Qualität: Gut (+2 Bonus auf Schaden)

Verzauberung: Hilfe von oben (1 / 1 Beschwörung gespeichert). Der Hammer hat eine Chance von 0,1 %, eine Kopie eines angegriffenen Monsters in ihm zu speichern. Jede gespeicherte Beschwörung kann nur einmal verwendet werden. Die Beschwörung hält 5 Minuten lang an.

„Ah! Das hatte ich mich auch schon gefragt", stimmte Omrak zu. Asin kam zurückgewandert, verstaute die Peitsche und setzte sich dann neben die beiden und kaute auf einem harten Zwieback.

„Entschuldigung. Ich hätte es dir wahrscheinlich sagen sollen, aber bis jetzt ist nichts gespeichert. Ich hatte wohl kein Glück", sagte Daniel seufzend. „Ich hätte schwören können, dass ich das schon ein paar hundert Mal erlebt habe."

„Pech gehabt." Asin nickte zustimmend. „Nein, wie Glücksverzauberungen. Hartnäckig."

„Aber die Auswirkungen sind so viel größer!", sagte Omrak und deutete auf den Hammer. „Wir haben jetzt einen Aufseher, den wir benutzen können."

„Einmal", konterte Asin.

Als er sah, wie die beiden zu streiten begannen, gluckste Daniel vor sich hin und holte etwas Wasser und sein eigenes Mittagessen heraus. Sein Körper begann leicht zu zittern, als das Adrenalin ihn verließ. Gut, sie hatten ihren ersten Aufseher erledigt. Auch wenn sie noch nicht in die nächste Ebene gekommen waren.

***

„Champion-Manastein der ersten Ebene. Acht Gold, zwei Silber", verkündete die Schreiberin nach einem kurzen Blick, schob ihn beiseite und berührte dann die Peitsche. „Aufseherpeitsche. Ungewöhnlicher Drop. Wir können dir sieben Silber dafür geben."

„Sieben?", jaulte Asin empört auf.

„Sie ist nicht verzaubert. Die meisten Leute kaufen sie wegen des Souvenireffekts vor Ort. Wir verschiffen einige in den Süden – dort gibt es einen Markt für Peitschen", antwortete die Schreiberin sofort, unbeeindruckt von Asins Protest. „Du kannst sie behalten und versuchen, sie woanders zu verkaufen. Wir verhandeln nicht."

„Verkaufen", sagte Asin geschmacklos. Die Angestellte zeigte nicht einmal ein Flackern der Überraschung, als sie die Peitsche beiseite zog und sich dem kleinen Stapel von Koboldkrallen und Manasteinen zuwandte. Schon bald hatte sie die Einnahmen des Teams zusammengezählt und übergab sie.

„Es war mir ein Vergnügen, mit dir Geschäfte zu machen, Abenteurerin. Wir sehen uns beim nächsten Erkundungsdurchgang", sagte die Schreiberin wie auswendig, während Asin zu dem wartenden Paar zurückstapfte. Asins Ohren zuckten, der Schwanz peitschte hinter ihr hervor, während sie überlegte, ob sie zurückgehen und dieser Frau die Meinung sagen sollte. Dann, als sie bedachte, wie sehr ihr das im Hals wehtun würde, entschied sich Asin dagegen. Die Gilde würde sich sowieso nicht ändern, nur weil eine bestimmte Catkin der Meinung war, dass sie eine zu große Gewinnspanne erzielten. Immerhin wusste Asin, dass derselbe Manastein nach der Veredelung für mindestens den vierfachen Preis verkauft werden würde. Aber da es königlich verordnet war, dass Manasteine aus einem Dungeon nur in der Gilde verkauft werden durften, konnte sie nichts dagegen tun.

„Wie haben wir uns geschlagen?", fragte Daniel.

Anstatt zu sprechen, hielt Asin Daniel den Zettel hin. Ein kurzer Blick war alles, was Daniel brauchte, aber Omrak, der den Zettel nach ihm nahm, hatte Mühe, ihn zu lesen. In den letzten Monaten hatten die beiden Omrak das Lesen beigebracht, obwohl es nur langsam voranging, da der Nordländer versuchte, sich nur die gängigsten Symbole einzuprägen. Aus irgendeinem Grund hatte er mehr Mühe, als er sollte. Zumindest aus der Sicht von Asin.

So etwas Seltsames – dass diese Menschen anderen ihrer Art erlauben, Analphabeten zu sein. Die Beastkin mochte viele Fehler haben, aber allen Beastkin wurde das Lesen beigebracht. Die Beastkinschrift, wenn nicht Brad, aber meistens beides. Ohne ihre Schriftsprache konnte die Kommunikation zwischen den Beastkin schließlich leicht scheitern. So viele Beastkin hatten ihre eigenen Clansprachen, dass es ohne eine gemeinsame Schrift und eine gemeinsame Sprache ein Rezept zum Scheitern war.

„Nicht schlecht", sagte Daniel. „Zurück zum Gasthaus?"

„Viel zu tun", sagte Asin und schüttelte den Kopf. In ihrer eigenen Ecke bei der Gildenhalle war Asin froh, die Münzen nach Gefühl aus dem Beutel zu ziehen und ihnen ihren Anteil zu reichen.

„Oh, okay", sagte Daniel. Während sein Gesicht keine Spur von seiner Enttäuschung zeigte, hätte die plötzliche Veränderung in seinem Geruch es der Catkin genauso gut zurufen können. Ein Teil von Asin fragte sich, ob Daniel merkte, wie deutlich seine emotionalen Veränderungen für sie waren. Dennoch gab sie keine Erklärung ab, sondern winkte den beiden zum Abschied zu.

Omrak und Daniel brauchten sowieso mehr Zeit miteinander, dachte Asin. Da sie beide Nahkämpfer waren, gab es erhebliche Überschneidungen in ihren Rollen im Team. Bis jetzt war es relativ gut gelaufen, aber sie konnte den aufkeimenden Konflikt spüren. Er hatte sich abgeschwächt, seit die beiden mehr Zeit miteinander verbrachten, allein, in der Stadt, und das war etwas, das nach Asins Meinung gefördert werden sollte.

Es half auch, dass sie ihre eigenen Dinge zu tun hatte.

Eine Stunde später fand sich Asin in der südwestlichen Ecke der Stadt in der Nähe der Mauern wieder. Dieser Teil der Stadt war heruntergekommener und trockener als die meisten anderen, was seine Bewohner dazu zwang, regelmäßig nach draußen und in den Norden der Stadt zu gehen, um frisches, sauberes Wasser zu holen. So war es nicht verwunderlich, dass die Straßen von Wasserfässern gesäumt waren, die das wenige Regenwasser auffingen. Aber im Gegensatz zu den meisten anderen Vierteln gab es in den Vierteln der Beastkin keinen Müll und keine Abfälle auf den Straßen. Stattdessen war die ganze Gegend mit dem Geruch von Gewürzen erfüllt, die gekocht und getrocknet wurden.

„Asin", rief Tevfik dem Catkin-Mädchen zu, einen Moment, bevor er seine Hand um ihre Taille schob. Sie wirbelte herum und knurrte ihn an, während sie sich vergeblich bemühte, seinem Griff zu entkommen. Er gluckste und hielt sie leicht fest, bevor er ihr einen Kuss auf die Lippen drückte und sie mit seinen Schnurrhaaren kraulte. „Guter Tag?"

„Sehr gut. Ich habe die Fährte des Aufsehers aufgenommen und das Team zu ihm geführt. Habe heute

gutes Gold gemacht", sagte Asin mit einem Schnurren und rumpelte fröhlich in Catkin vor sich hin. Die Sprache war viel tiefer, viel knurriger, und beinhaltete deutlich mehr Körpersprache, was perfekt zu dem bestienartigen Catkin-Mädchen passte.

„Ich bin überrascht, dass Daniel zugestimmt hat, gegen ihn zu kämpfen", sagte Tevfik mit zusammengekniffenen Augen. *„Ich hatte gedacht, er wäre vorsichtiger."*

„Ich muss Mulla bezahlen", sagte Asin und wich der Frage aus. Natürlich war Daniel vorsichtiger. Vielleicht weil er ihr Heiler war, war er immer vorsichtig. Deshalb hatte sie es ihm auch nicht gesagt, sondern ihn zu ihrer Wahl geführt.

Tevfik, der ihr Ausweichen spürte, seufzte, ging aber nicht weiter auf das Thema ein, sondern folgte dem Mädchen, das zu dem affenartigen Zauberer huschte. *„Du weißt, dass Mulla bereit ist, zu warten, oder?"*

„Weil du es garantiert hast. Und ich kann jetzt bezahlen", sagte Asin fest und stürmte in die Heimwerkstatt des Monkeykin. Bald darauf war die Catkin wieder draußen, leise Flüche in Brad folgten ihr.

„Was ist dieses Mal passiert?"

„Ich habe ihn beim Putzen erwischt", sagte Asin achselzuckend. Sie beäugte Tevfik und erinnerte sich an das erste Mal, als sie sich am zweiten Tag beim Einkaufen wiedergesehen hatten, wobei er auf den kleinen Aufruhr aufmerksam geworden war, den sie verursacht hatte. Im Laden eines menschlichen Zauberers, wo ihre Unfähigkeit zu sprechen den Besitzer verärgert hatte. Es war Tevfik, der sie mit Mulla bekannt gemacht hatte. Und danach, nun ja, wäre es unhöflich gewesen, sein Angebot zum Abendessen abzulehnen.

„Hast du darüber nachgedacht, was ich gesagt habe?", fragte Tevfik leise, als die beiden zu ihrem Lieblingsrestaurant gingen. Eines, das richtiges

---

Beastkin-Essen kochte – Fleisch, eingewickelt in Brot, mit mehr Fleisch und Gewürzen.

„*Ja. Nein*", sagte Asin und schüttelte den Kopf. Tevfik hatte ihr angeboten, ihr zu helfen, einige der Manasteine auf dem Schwarzmarkt zu verkaufen, einem Markt, der von befreundeten Beastkin betrieben wurde. Natürlich nicht zu viele, es wäre zu offensichtlich gewesen, wenn sie keine Steine mehr einbringen würden.

„*Warum?*"

„*Meine Freunde vertrauen mir. Das wäre falsch*", sagte Asin.

„*Du nimmst ihnen nichts weg. Du kannst sie einfach bei anderen Dingen einsparen und die Differenz später ausgleichen*", sagte Tevfik. „*Das mache ich mit meiner Gruppe auch. Ich lege sogar noch ein wenig dazu. Sie wissen, dass die Regierung uns Steine zum eineinhalbfachen Preis verkauft. Das ist nur eine kleine Ausgleichszahlung.*"

„*Nein*", sagte Asin und schüttelte den Kopf. Tevfik hatte zwar recht, und das wusste sie, aber es stimmte auch, dass, wenn sie bei so etwas erwischt wurde, das ganze Team betroffen sein würde. Das konnte sie ihren Freunden nicht antun.

„Entschuldigung", sagte Tevfik sofort und wippte mit dem Kopf. Als sie sich dem belebten Restaurant näherten, zeigte er auf einen Tisch. *„Schau, ein Tisch!"*

***

„Das Turnier? Es findet jetzt in weniger als zwei Wochen statt. Wenn ihr mitmachen wollt, solltet ihr euch bald anmelden", sagte Nicole zu Daniel und Omrak. Die Gildenmeisterin hatte die beiden allein sitzend vorgefunden und setzte sich prompt zu zwei jungen Damen, die sie begleitet hatten. Die eine, eine Frau in einem Ensemble aus Bluse und Pluderhose gekleidet, saß neben Daniel, die andere, eine hochgewachsene, schlaksige Rothaarige, hatte neben Omrak Platz genommen, sodass Nicole zwischen den beiden jungen Leuten saß. Nach der anfänglichen Unbeholfenheit hatten Nicoles soziale Fähigkeiten und das Anzapfen von alkoholischem Mut alle entspannt.

„Aber was soll es denn sein? Puzzles? Geschicklichkeitsvorführungen? Ein Arenakampf?", fragte Daniel beharrlich.

„Oh, Arenakampf", sagte Nicole. „Für die Noobs: Ihr werdet gegen gefangene Monster kämpfen. Wenn du in der Quest-Sektion nachsehen würdest, würdest du sehen, dass die Questoren alle gackernd herumlaufen und erschöpft sind von der schieren Anzahl an Gefangennahme-Quests, die sie erhalten haben."

„Wir kämpfen mit Monstern?" Daniel runzelte die Stirn, das hatte er nicht erwartet.

„Natürlich, das werdet ihr. Ihr seid Abenteurer. Das ist es, was wir tun!", sagte Nicole mit einem Schnauben.

„Außer, dass sie die Blauen und die Weißen gegeneinander kämpfen lassen", wies Emma, die in Pluderhosen gekleidete Brünette, darauf hin. „Sie haben nur Angst, dass ihr Roten euch gegenseitig verletzen könntet. Sie haben nicht genug Verteidigungszauber." Während sie das sagte, fummelte Emma an einem Ring an ihrem Finger herum.

„Das auch! Aber die Gilde will auch, dass du mehr Übung bekommst. Eine gute Gelegenheit, gegen seltsame und merkwürdige Dinge zu kämpfen, gegen die man sonst vielleicht nie eine Chance hätte", sagte Nicole mit einem Nicken.

„Diese Angelegenheit ist mir ein Rätsel. Kann der Artos-Dungeon nicht sowohl für die höchsten als auch für die niedrigsten Ränge der fortgeschrittenen Klassen geeignet sein?", fragte Omrak.

„Bei den Göttern, ich liebe es, wie du redest", stöhnte die Rothaarige, Sara, als sie sich in Omraks große Arme lehnte. Wieder errötete Omrak und starrte geradeaus.

„Artos ist etwas Besonderes. Als dritter Dungeon ist er meistens verschlossen, weshalb die meisten Leute sogar vergessen, dass er Teil der Stadt ist. Viele Abenteurer kommen und gehen, ohne ihn jemals zu betreten. Normalerweise ist es auch kein sehr großer Dungeon. Um ihn zu betreten, muss man ein Portal benutzen, an dem ein Mondsteinschlüssel hängt. Man kann bei Artos einstellen, welche Ebene man betritt", erklärte Nicole. „Da das Portal nur für eine begrenzte Anzahl von Teams funktioniert, müssen wir es einschränken. Aber jedes Team muss seine Ebene säubern. Wenn nicht, bekommen wir beim nächsten Mal, wenn er sich öffnet, nur eine Dungeon-Pause."

„Und deshalb das Turnier", sagte Daniel. „Um die Besten zu finden."

„Genau."

„Nein", sagte Emma zur gleichen Zeit.

„Emma …“

„Oh, komm schon; du weißt, dass das Blödsinn ist. Sie könnten einfach die durchschnittliche Auszahlung als Richtlinie verwenden, um zu sehen, welches Team das beste in jedem Level ist. Vielleicht mit ein bisschen Urteilsvermögen für die Teams, die gerade mit Verletzungen zurückkommen. Aber das tun sie nicht“, sagte Emma. „Warum glaubst du das, hm? Es geht um das Gold. Das Turnier ist eine Goldgrube für die Gilde und die königliche Familie. Das ist auch der Grund, warum alle Gewinner Preise bekommen.“

„Das ist, ähm …“, begann Daniel und stoppte, nicht sicher, wie er antworten sollte.

„Ja, gut. Nenn mich verrückt. Das tut jeder, aber ich habe recht“, sagte Emma schnippisch, verschränkte ihre Arme und schmollte.

„Ich habe nicht …“

„Lass sie einfach, Daniel“, sagte Nicole und warf Emma einen unglücklichen Blick zu. „Sie ist nur wütend. Aber mit einer Sache hat sie recht. Es gibt Preise fürs Gewinnen, und die Erfahrung ist es wert. Du wirst feststellen, dass du eine Menge lernst, egal ob du gewinnst oder verlierst."

„Und unsere Gewinnchancen?", fragte Daniel neugierig.

„Sehr niedrig", schnauzte Emma. „Du bist Rot. Wenn ihr nicht der Beste in eurer Kategorie seid, habt ihr keine Chance zu gewinnen."

„Oh …", seufzte Daniel.

„Ah, aber unsere Trainer sagten, wir wären kurz davor, zu Orange überzugehen", sagte Omrak stolz. Daraufhin gurrte Sara, was Omrak leicht erröten ließ, aber dieses Mal weniger.

„Wenn ihr euch jetzt anmeldet, habt ihr zwei Wochen Zeit, euch vorzubereiten. Die meisten der teilnehmenden Teams haben bereits damit begonnen, ihre Erkundungen zu verlangsamen. Keiner will sich vor dem Turnier verletzen", sagte Nicole und schaute Daniel eindringlich an.

„Das ist ein weiterer Grund, warum das Turnier eine schlechte Idee ist. Lässt die Monster anwachsen", murmelte Emma leise, von der Mehrheit ignoriert. Doch Daniel hörte es und machte sich eine mentale Notiz – er erwartete mehr und mehr Monster, je näher sie dem Start des Turniers kamen.

Kapitel 6

„Und das war's. Ihr seid registriert", sagte Seth und tippte auf das Formular vor ihm. „Die Gruppe von DAO ist jetzt Teil der Listen für die erste Kategorie. Ihr wisst, dass ihr gegen härtere Monster antreten werdet, je mehr ihr kämpft, richtig?"

„Das tun wir", sagte Daniel.

„Gut. Dann ist mein Job hier wirklich erledigt", sagte Seth. „Apropos, ich habe gehört, dass deine Gruppe gestern den Weg nach unten gefunden hat?"

„Ja. Wir sind eigentlich hier, um danach zu fragen", sagte Daniel mit leichter Beklommenheit.

„Ein Abenteurer, der heute vorbereitet ist, ist ein Abenteurer, der morgen lebt", sagte Seth mit einem Lächeln. „Ein Silber für jeden."

Das Trio bezahlte schnell, bevor sie, zum Leidwesen von Daniel und Omrak, zu Quinn geführt wurden. Asin, die das Zögern spürte, sah zwischen den beiden hin und her, folgte ihnen aber. Was hätte sie denn sonst tun sollen?

***

„Ihr probiert schon die zweite Ebene des Porthos-Dungeons aus, was?", sagte Mateo mit einem Lächeln, als er das Trio musterte. Noch während er sprach, strichen seine Hände über den Turmschild und den Steinbogen, den die Gruppe zurückgebracht hatte, und prüften mit erfahrenen Griffen, ob es Probleme gab.

„Ja. Wir haben das Briefing von Quinn schon bekommen", sagte Daniel.

„Und was haltet ihr davon?", fragte Mateo.

„Höhlen. Kleine Waffen. Karlak", sagte Asin mit ihrer üblichen Schärfe.

„Das, ähm … stimmt", sagte Mateo, leicht verwirrt von der Catkin. „Es ist ein Höhlensystem, also denke ich, dass eure

Erfahrung in Karlak etwas helfen würde. Was noch?"

„Höllenhunde. Einzel-, Doppel- und Dreifachkopf für den Ebenen-Champion. Sie atmen Feuer, also müssen wir vorsichtig sein und unsere Salamander-Mäntel benutzen", sagte Daniel. „Vier Beine, schnell beweglich, Krähenfüße und Bolas."

„Sprecht ihr alle so?", sagte Mateo mit einem halben Lächeln. „Aber ja, ihr habt wieder recht. Der Nächste."

„Lichter", antwortete Omrak. „Es gibt keine Lichter."

„Wieder richtig. Also, was bedeutet das?", fragte Mateo.

„Wir brauchen Licht", sagte Omrak einfach.

„Und ...?"

„Wir tragen es."

Mateo unterdrückte ein Stöhnen und wandte sich an Daniel, der antwortete. „Zwei

Dinge. Die Höllenhunde sehen im Dunkeln, also wird jedes Licht, das wir mitbringen, sie zu uns führen. Außerdem wollen wir nicht gegen die Höllenhunde kämpfen, wenn eine unserer Hände Laternen trägt."

„Richtig", sagte Mateo. „Mit Öl gefüllte Laternen, wenn feuerspeiende Monster in der Nähe sind, sind auch eine schlechte Idee. Habt ihr sonst noch etwas vergessen?"

Das Trio starrte sich einen Moment lang gegenseitig an, während sie sich das Hirn zermarterten. Als sie alle den Kopf schüttelten, schnaubte Mateo.

„Na ja, ihr habt es gut gemacht", sagte Mateo spöttisch und traurig zugleich. „Aber ihr habt die Fallen vergessen. Genauer gesagt, die Steinschläge."

„Diese …" Daniel erschauderte bei Mateos Worten. Das war eine besonders fiese Falle, eine, von der der Ex-Bergmann wahrscheinlich Albträume haben würde.

„Sie sind nicht wie echte Minensteinschläge. Sie werden vom Dungeon eingerichtet, deshalb sind sie nicht so gefährlich, weil er nur eine begrenzte Anzahl von Steinen freisetzt", sagte Mateo. „Mana hat Felsen geschaffen, die nach einer Weile verschwinden."

„Sie verschwinden?", fragte Daniel mit Überraschung.

„Natürlich. Wie sollten sonst die Gänge frei werden?"

„Ähm … Arbeiter?"

„Wir sind kein einfacher Dungeon mit einfachen Arbeitern. Sicher, wir haben genug Bauern auf den ersten paar Ebenen, aber die Gilde hat nicht genug Geld, um fortgeschrittene Abenteurer zu bezahlen, die Felsabbrüche zu beseitigen. Selbst in Karlak haben eure Leute die Crawler-Spucke nicht ohne Grund abgebaut", sagte Mateo. „Nein, die Felsen sind mit Mana durchtränkt, damit sie in der Nähe bleiben, wenn sie mit der Decke verbunden sind. Wenn sie fallen, verlieren sie diese Verbindung und brechen zusammen."

„Theoretisch könnte also jemand überleben, bis es verschwunden ist?", sagte Omrak.

„Har. Wenn du deinen Atem für ein paar Stunden anhalten kannst, sicherlich", sagte Mateo. „Ihr könnt entweder Einweg-Mana-Unterbrechungstränke von Alchemisten kaufen oder ein paar Mana-Unterbrechungsstäbe von uns anmieten. Deren Einsatz ist zwar auf Fälle wie diesen beschränkt, aber es könnte euch das Leben retten."

„Wie viel?", fragte Asin und kam direkt auf den Punkt.

„Die Kaution beträgt zehn Goldmünzen. Die Mietdauer ist eine pro Woche", antwortete Mateo.

Alle drei Abenteurer zuckten daraufhin zusammen. Doch auch ohne die Zaubertränke kaufte die Gruppe ein paar nützliche

Gegenstände aus dem Abenteurerladen, wie zum Beispiel Metallkrähenfüße, die mit einer zentralen Metallkugel verbunden waren. Das war zwar teurer, sorgte aber dafür, dass das Team die Krähenfüße nach dem Gebrauch einfach einsammeln konnte, anstatt sie herumliegen zu lassen, damit ein unglückliches Team später darüber stolpern würde. Eine Handlung, die zu Geldstrafen führen konnte, wenn sie als Täter ermittelt wurden.

Zusätzlich wurden Glühsteine gekauft, Manasteine, in die einfache Runen eingraviert waren, um das umgebende Mana zur Energiegewinnung zu nutzen. Sie waren außerhalb einer manareichen Umgebung völlig nutzlos, aber perfekt für das Erforschen von Dungeons. Daniel brauchte natürlich keinen zu kaufen, da er seinen eigenen verzauberten Stein hatte, der nur wiederholt durch Mana aufgeladen werden musste. An der Kleidung festgenäht, gaben die Leuchtsteine insgesamt genug schwaches Licht ab, um es Abenteurern zu ermöglichen, im Notfall zu sehen, wohin sie gingen. Und als letzte Anschaffung kaufte die Gruppe eine viel teurere Mana-Laterne. Die Runen waren nicht auf dem Stein selbst, sondern auf der Laterne eingraviert und nutzten die Kraft des Steins, um die Umgebung zu beleuchten. Zum Schluss kauften sie jeweils eine Flasche Mana-Auflösungsflüssigkeit.

Alles in allem gab das Team all seine gesparten Einnahmen der letzten Woche aus, um sich nur für die nächste Ebene zu rüsten. Es war ein deprimierender Zustand, den Abenteurer auf der ganzen Welt verstanden. Um mehr Gold zu verdienen, musste man in tiefere Ebenen gehen. Um in tiefere Ebenen zu gelangen, brauchte man bessere Ausrüstung. Um bessere Ausrüstung zu bekommen, musste man Gold ausgeben. Und so setzte sich der Kreislauf unaufhörlich fort. Selbst diejenigen, die sich entschieden, bestimmte Ebenen zu bewirtschaften, mussten Unterhalt und Wartung bezahlen, während sie zusahen, wie ihr Level-Wachstum stagnierte.

***

Dunkelheit. Das war der erste Gedanke, der Daniel in den Sinn kam, als die Gruppe das Portal verließ. Er trat zur Seite, um anderen Gruppen zu erlauben, unbehelligt durchzukommen, und wartete im Schutzraum, während die um seinen Körper herum angebrachten Glühlichter begannen, sich mit dem umgebenden Mana zu versorgen. Glücklicherweise gab es in der sicheren Zone auch ohne seine eigenen Glühlichter ein paar verstreute Beleuchtungspunkte, die die Ankömmlinge begrüßten und ein wenig Licht spendeten.

Asin hatte sich im Gegensatz zu Daniel und Omrak dafür entschieden, ohne die Beleuchtung der Leuchtsteine zu gehen, und zog es vor, sich auf ihre größere Lichtempfindlichkeit und die von ihren Freunden abgegebene Umgebungsmenge zu verlassen. Während Daniel und Omrak ihre Augen und Steine anpassen ließen, schlich sie voraus. In der Dunkelheit warteten die beiden auf die Rückkehr ihrer Freundin.

„Blockiert", sagte Asin nach langer Zeit und deutete auf zwei Tunnel, die kurz hintereinander aus der Kammer führten.

„Lass das!", schnauzte Daniel und erholte sich erst jetzt von seiner Überraschung, als die schwarzpelzige Catkin neben ihm erschien. Die einzige Antwort von Asin war ein breites Grinsen.

„Also gut. Probieren wir es mit dem da?", sagte Daniel und zeigte darauf. Es gab fünf Ausgänge aus der Portalkammer, von denen bekannt war, dass sie jederzeit blockiert werden konnten. Auch ohne einen Abenteurer, der sie auslöste, gab der Dungeon gelegentlich diese Steinschläge frei und veränderte die Karte der Ebene. Es wurde die Theorie aufgestellt, dass es eher auf die tatsächliche Unfähigkeit des Dungeons zurückzuführen ist, mehr als eine bestimmte Anzahl solcher Fallen zu beherbergen, als auf ein programmiertes Design. Aber wie bei vielen Dingen, die mit der Entstehung des Dungeons zu tun haben, war es reine Spekulation.

Asin zuckte nur mit den Schultern, offensichtlich hatte er nicht mehr Ahnung als Daniel. Nach einem kurzen Blick auf die Karte in Omraks Händen, machte sich das Trio auf den Weg. Die Ebene selbst war seltsam, da der Eingang fast mittig auf der Karte platziert war. Die Wege durch den Dungeon kreuzten sich, manchmal führten sie in Sackgassen, manchmal versperrten Steinschläge die etablierten Routen und zwangen die Gruppen, einen neuen Weg zu finden. Um die Ebene noch anspruchsvoller zu machen, mussten die Abenteurergruppen insgesamt fünf verschiedene freischaltbare Edelsteine sammeln, um sie zu verlassen und in die nächste zu gelangen. Mit einer vollständigen Sammlung von Edelsteinen konnte eine Gruppe von fünf Personen nach unten transportiert werden. Da die Edelsteine seelengebunden an ihre Besitzer waren, gab es einen kleinen, aber beständigen Markt von Abenteurern, die sich kleineren Gruppen anschlossen, um eine Ebene hinunterzureisen.

„Asin, geh nicht zu weit weg", rief Daniel besorgt, als er die Catkin wieder einmal aus den Augen verlor. Für den Moment hatte das Trio beschlossen, die Ebene nur mit den kleineren Leuchtsteinen zu versuchen. Die kleineren Steine warfen weniger Licht ab, wodurch sie in der Dunkelheit besser versteckt bleiben konnten, aber es war schwer zu sehen. Daniel hatte der Gruppe zwar gezeigt, wie sie die Steine an ihren Helmen befestigen und ihre

Beleuchtung mit ein paar einfachen Metallverrenkungen einstellen konnten, aber seine Bergmannstricks waren in einem Kampf vielleicht nicht so nützlich. Sicherlich hatte Karlak nie das gleiche Problem mit seinen managetränkten Wänden.

„Ich hasse Höhlen", brummte Omrak hinter Daniel, während er sich durch einen besonders engen Durchgang zwängte. Selbst in den größeren Gängen fühlte sich der große Nordländer oft unangenehm eingeengt. In diesen engen Gängen wurden seine Arme, Schultern und seine Brust aufgerieben, wenn er sich durch sie hindurchzwängte. Manchmal musste die Gruppe auf Händen und Knien kriechen, obwohl keine der Passagen ein Kriechen auf dem Bauch erforderte. Es schien, als hätte selbst Panqua Grenzen, was das Ausmaß des Leidens anging, das er fortgeschrittenen Abenteurern zufügen wollte.

„Verstehe ich", sagte Daniel und brummte leise, als er sah, wie die wendige und flexible Catkin vor ihm verschwand, jetzt, da die beiden aufgeholt hatten. Aus Erfahrung hatte Daniel beschlossen, den Großteil seiner Schuppenpanzerstücke zu Hause zu lassen, damit er sich leichter an Hindernissen vorbeiquetschen konnte.

Ihr erster Kampf fand eine Stunde nach ihrem Aufbruch statt. Asin lief voraus, um nach Fallen zu suchen, und wurde von den Höllenhunden angegriffen, die sich aus den Höhlennischen, in denen sie geruht hatten, auf sie stürzten. Mit kaum genug Platz, um ihre Messer zu schwingen, konnte die Catkin nur rückwärts krabbeln, während sie das Quartett von Bestien abwehrte und um Hilfe jaulte.

„Asin!", rief Daniel und stürmte vorwärts, seinen Schild vor sich haltend. Zuerst konnte er nur den gelegentlichen Blick auf eine Klinge erhaschen, das Aufblitzen großer grüner Augen und bösartiger roter Augen. Dann: Feuer. Daniel blinzelte vor Schmerz, als ein Höllenhund Feuer auf Asin spuckte, und stürmte weiter, als die Beastkin aufjaulte.

Glücklicherweise absorbierten die Salamander-Umhänge, die das Trio trug, den Großteil der Flammen, als Asin diesen schützend hochzog. Die Umhänge selbst waren eine notwendige Anschaffung für Karlak, und so hatten zum Glück alle drei ihre eigenen. Anstatt aus echter Salamanderhaut bestanden die Umhänge aus einem gewebten, dichten Material, das Flammen und Hitze mit Leichtigkeit ableitete.

Unglücklicherweise bedeuteten die Angriffe der Höllenhunde und einige weniger als ideal umgesetzte Flickarbeiten von vorher, dass es Löcher gab – Löcher, die es den Flammen erlaubten, an offenem Fell und Haut zu lecken. Asin ließ sich zu Boden fallen und rollte sich schnell hin und her, um die Flammen zu löschen.

Eine Bewegung, die sie anfällig für die Bisse und Klauen der Höllenhunde machte.

Daniel stützte sich auf seinen Schild, seine Augen tränten noch immer von der plötzlichen Veränderung der Intensität, und stürmte auf die Gruppe zu. Da er nicht wusste, wann er sein Skill auslösen sollte, konnte er nur seinen Vorwärtsschwung und sein größeres Gewicht nutzen, um die Monster zur Seite zu stoßen. Der Aufprall erst eines, dann eines anderen Monsters auf seinen Schild raubte Daniel den Schwung und ließ ihn auf den Boden schleudern, während er versuchte, das Gleichgewicht zu behalten. Seine fuchtelnden Arme schafften es, versehentlich einen weiteren Höllenhund beiseitezuschlagen, und die Biester konzentrierten sich nun auf ihn.

„Hab' dich!", sagte Daniel und knurrte Asin seine Unterstützung zu, als er Hammer und Schild herumschwang und sich im Raum drehte, während er nach den Monstern suchte. Die

Kreaturen wichen zurück, zwei von ihnen kauerten sich hin, während sie ihre Flammen vorbereiteten.

„Nein, ich!", brüllte Omrak und sprach seine *Herausforderung des Nordens* aus. Sogar Daniel drehte sich um und starrte auf den riesigen Nordländer, der von den rot glühenden Feuern der Höllenhunde umrahmt wurde. Blondes Haar, das aus seinem Helm entwichen war, reflektierte das Rot der Flammen, während die Beile in seinen Händen herausfordernd glitzerten und der Nordländer vor Kampfeslust breit grinste. „Kommt!"

Feuer. Beide Höllenhunde entfesselten es gegen Omrak. Omrak wiederum hatte eine Ecke des Umhangs angehoben und verbarg sein Gesicht und einen Teil seines Körpers vor den Flammen, selbst als diese um ihn herumwirbelten. Ein dritter Höllenhund lag am Boden und würgte, als Asin ihr Messer aus seiner Kehle zog, Blitze zuckten um seinen Körper, als die Catkin ihre Rache an ihm vollzog. Der letzte Höllenhund raste rechtzeitig durch die sterbenden Flammen, um sich auf Omraks Kehle zu stürzen, sobald der Nordländer seine Arme senkte.

„Ich bin dran", knurrte Daniel und trat nach vorne, wobei er seinen Helm unter der Hand trug. Er griff mit *Perins Schlag* in dem Moment an, in dem er zuschlug, und warf den Höllenhund in seinen Freund hinein, als Daniels Angriff seine Rippen zermalmte. Daniel trat nach vorne und setzte die Kante seines Schildes als Nächstes auf das Gesicht der kämpfenden Kreatur an, um einen *Schildschlag* auszulösen, der das Monster betäubte. Als die beiden Höllenhunde am Boden lagen und nicht mehr stehen konnten, schlug er gnadenlos auf die Kreaturen ein.

Omrak, der von dem plötzlichen Angriff des Höllenhundes überrascht wurde, konnte den Klauen der Kreatur nicht ausweichen. Er fiel auf den Rücken und das Monster zerfleischte wild seinen Hals, aber der Kragen um seine Kehle schützte ihn vor ernsthaften Schäden. Dennoch spritzte Blut und hüllte den Nordländer in Rot, als er der Kreatur mit einer Hand ins Gesicht schlug, während er sie mit der anderen am Ohr festhielt. Schon bald betäubte die überwältigende Kraft des Riesen – unterstützt durch seine Fähigkeit *Geringe Stärke* – die Bestie, sodass Omrak sie mit Leichtigkeit von sich herunterrollen und sie weiter angreifen konnte, diesmal mit seinem Beil. Blut floss und spritzte warm gegen Omraks verbrannte Haut, bevor die Kreatur langsam in blaue Lichtmoleküle zerfiel.

„Omrak!", rief Daniel, als er hinüberging. Er hatte bereits Asin mit *Zeichen des Heilers* belegt und wiederholte den Vorgang, als sein Freund schließlich zu Daniel herüberkam, um ihn zu berühren.

„Ich bitte um Entschuldigung, Held Daniel! Ich wurde von einem Felsvorsprung erwischt", sagte Omrak mürrisch und runzelte die Stirn. „Wie ist das passiert?"

„Hinterhalt", sagte Asin und hob die verschiedenen Manasteine auf. Sie humpelte nach vorne, ihr Oberschenkel war an den Stellen bandagiert, wo sie zerfleischt worden war. Selbst unter dem Zauber blutete es noch leicht.

„Ich denke, wir sollten enger zusammenbleiben", sagte Daniel und schaute sich stirnrunzelnd um.

„Ja", sagte Asin leise und sackte nach einem Moment in eine Ecke, als der Schmerz ihren Starrsinn überholte. Daniel schnitt eine Grimasse und legte eine Hand auf sie, um den Schaden abzuschätzen, bevor er sich entschied, eine *Kleine Heilung (II)* auf sie zu wirken. Besser auf Nummer sicher gehen als etwas bedauern.

***

Die Zeit verging schnell, während sich das Trio einen Weg hineinbahnte. Die Höllenhunde griffen weiterhin an, manchmal mit reichlich Vorwarnung, während sie die Gänge hinunterstürmten und ihre Feindschaft aufheulten. In diesen Momenten wurden Krähenfüße und Bolas eingesetzt, und die Monster waren gezwungen, ihren Ansturm zu unterbrechen und sich einen Weg nach innen zu bahnen, um ihre Flammenangriffe mit kurzer Reichweite einzusetzen. Auf dem Weg dorthin sorgten Asins und Omraks Wurfwaffen dafür, dass die Höllenhunde bluteten, während Daniel seine Angriffe und Aufladungen so terminierte, dass sie diejenigen störten, die versuchten, sie zu verbrennen. Mit Monstern, die ihre Anwesenheit ankündigten, kam das Trio gut zurecht.

Es waren diejenigen, die auf der Lauer lagen, die in dunklen Nischen über den engen Gängen lauerten oder tief in kleineren, in den Felsen versteckten Gängen hockten, die das Trio um ihr Leben kämpfen ließen. Manchmal starteten diese Monster ihre Angriffe, bevor sie sich davonschlichen und die Abenteurer eher belästigten, als dass sie versuchten, den Kampf zu beenden. Nach dem zweiten Angriff dieser Art einigte sich das Trio darauf, die größere Laterne zu benutzen und Omrak zu erlauben, sie höher zu halten, um die Umgebung besser zu beleuchten. Durch die Verwendung und die Reflexion der Laterne wurden sie zwar mehr bedrängt, war aber weniger anfällig für Hinterhalte.

Das Trio hatte bereits Erfahrung im Umgang mit Höhlen und hatte für eine lange Zeit im Dungeon gepackt. Es waren nicht die Monster, die die größte Herausforderung darstellten, sondern die Umgebung. Gelegentlich würde die Gruppe auf andere stoßen, oft an natürlichen Engpässen. Hier musste die Gruppe warten, bis die anderen das letzte Hindernis passiert hatten, oft im

Gänsemarsch. Ob es sich um ein besonders enges Loch, eine Wand, die erklommen werden musste, oder einen extrem engen Durchgang handelte, an solchen Stellen sammelten sich oft Gruppen. Zu solchen Zeiten nutzten andere Gruppen die Anwesenheit der anderen, um sich auszuruhen, unruhigen Schlaf zu bekommen oder Mahlzeiten zu kochen.

In einer solchen Höhle, in der sich eine kleine Wasserlache sammelte, durch die die Abenteurer waten mussten, traf die Gruppe auf eine Art Bekannten.

„Ihr seid Daniel und Asin, nicht wahr?", sagte der lächelnde, muskulöse Blonde zu ihnen. Er war, dachte Daniel neidisch, traditionell gutaussehend. Ein scharfer Kiefer, gut geformte Augenbrauen und ein blitzendes Lächeln zusammen mit einem perfekt symmetrischen Gesicht und einem schlanken, aber muskulösen Körper, der kaum von der Rüstung verdeckt wurde, die er trug, zierten den Sprecher.

„Ja. Woher weißt du das?", fragte Daniel.

„Es gibt nicht viele Catkin- und Guidong-Eingeborene in dieser Gegend. Ich bin Bartosz", antwortete er und bot seine Hand an.

Daniel runzelte die Stirn, stand auf und schüttelte sie. „Daniel, wie du weißt. Und das sind Asin und Omrak."

„Ah, Omrak." Bartosz schüttelte als Nächstes den beiden anderen die Hand und rief am Ende aus, während er den Nordländer musterte: „Du musst ein Neuzugang sein. Niko hat dich nicht erwähnt."

„Niko." Daniels Lippen pressten sich zusammen, als er Bartosz anstarrte. Natürlich hätte das kleine Green-Robin-Emblem auf seiner Brust Daniel verraten sollen, wo sein Bündnis lag. „Er hat von uns gesprochen?"

„Ich habe euch bei denen erwähnt, die in den unteren Ebenen arbeiten", sagte Bartosz und gestikulierte zurück zu seiner Gruppe, die mit der Zubereitung einer Mahlzeit beschäftigt war. „Möchtet ihr euch uns anschließen?"

„Gewiss", nickte Omrak schnell mit dem Kopf, bevor er, ohne zu zögern, hinüberschritt. „Ich habe noch etwas Rindfleisch für den Topf!"

„Omrak ...", begann Daniel und seufzte. Schon plauderte der freundliche Nordländer mit der Gruppe, den Braten in der Hand.

„Mach dir keine Sorgen. Wir versuchen nicht, dich zu rekrutieren. Niko hat euch zwei nur als freundlich bezeichnet", sagte Bartosz und fügte dann mit einem Blick in die Runde, um sicherzugehen, dass niemand sonst in der Nähe war, hinzu: „Ihr werdet feststellen, dass nicht jede Gilde so freundlich ist. Zu viel Konkurrenz, weißt du."

„Weiß ich", sagte Daniel, immer noch misstrauisch. Zu seiner Überraschung starrte Asin Bartosz einen Moment lang an, bevor sie sich zu Omrak schlich. Daniel runzelte die Stirn und fragte sich, woher der Sinneswandel kam –

schließlich war sie zuvor extrem wütend auf Tevfik gewesen. Dennoch wäre es unhöflich von ihm, die Einladung abzulehnen, da seine beiden Freunde am Herd standen.

„Was kocht ihr?"

„Fleisch und Brot", sagte Bartosz mit einem Achselzucken. „Das Übliche. Ich glaube, Reka gibt heute noch ein paar Zwiebeln dazu, und Jojo-Sprossen."

„Hört sich an, als hättest du das ein bisschen satt", sagte Daniel.

„Wir sind jetzt schon seit drei Tagen hier unten. Und das ist alles, woran alle gedacht haben", Bartosz verzog das Gesicht. „Ich mag Fleisch. Und Brot. Aber nach so vielen Tagen …"

Daniel gluckste und klopfte Bartosz auf die Schulter. Er konnte bereits die Gewürze riechen, die Asin aus ihrem Vorrat geholt hatte, Chili und Paprika, die das Essen beleben würden. Wenn es sie nicht umbrachte. In jedem Fall würden

Freunde, sogar Freunde mit eigennützigen Absichten, hier unten nützlich sein.

Kapitel 7

„Ich bin überrascht, dich hier zu sehen", sagte Seth und beäugte Daniel, der schon früh am Morgen angekommen war. Der junge Mann trug nur seinen Brustpanzer, obwohl er wie immer seinen Schild und seinen Hammer bei sich trug. „Ich dachte, du würdest dich auf die zweite Ebene konzentrieren."

„Wir sind gerade von unserer zweiten Erkundung zurückgekommen. Fünf Tage im Dungeon sind ein bisschen viel", sagte Daniel mit einer Grimasse. Sie hatten gestern ein paar Stunden damit verbracht, sich an das stärkere Licht im Freien zu gewöhnen, als sie herauskamen und blinzelten wie alte Greise.

„Har", sagte Seth und schüttelte den Kopf. „Eine gute Entscheidung, nicht reinzugehen. Du kommst vielleicht vor dem Turnier nicht mehr raus."

„Das ist der andere Grund", sagte Daniel und blickte zurück auf die extrem überfüllten Trainingshöfe. Anders als sonst war der

Trainingshof neben der Abenteurergilde voll. Da der Hof für registrierte Abenteurer reserviert war, nahmen neuere und billigere Abenteurer seine Dienste in Anspruch, während erfahrenere Abenteurer oft private Trainer anheuerten oder einen der vielen privaten Trainingsplätze besuchten. „Viel los heute."

„Anstrengende Woche", sagte Seth mit einem Achselzucken. „Wen willst du denn sehen?"

„Angie, wenn sie frei ist? "

„Angie?", sagte Seth mit großen, überraschten Augen. „Du meinst die einäugige Angie? Bist du sicher?"

„Ja, diese Angie", sagte Daniel. „Gibt es noch eine andere?"

„Nein. Hm, du bist einer von denen", sagte Seth. „Ein Silber. Und sie ist frei."

Daniel schüttelte verwundert den Kopf, als er die Münze bezahlte und zu Angie geleitet wurde. Die muskulöse Trainerin stand neben einem der Trainingsplätze, wo sie die Auszubildenden im Inneren aufzog. Daniel musste ein leichtes Lächeln unterdrücken, ihre ständigen Kommentare über ihren Mangel an Fitness, Beweglichkeit und gesundem Menschenverstand waren humorvoll. Zumindest für ihn.

„Angie?", rief Daniel, als er näher kam.

„Oh, Scheiße, ich bezahle dich … oh, hey. Du bist doch dieser Heiler-Typ!", sagte Angie und wischte sich den besorgten Blick aus dem Gesicht. „Was machst du denn hier?"

„Training", sagte Daniel, als er ihren Zettel hochhielt. Angies Auge weitete sich leicht, bevor sie in ein Grinsen ausbrach.

„Har! Ich wusste, dass du schlau bist. Komm, wir lassen die beiden Verlierer in Ruhe", sagte Angie schnippisch. Ihr Trainer, ein älterer Mann, der einen Schild und ein Schwert neben seinen Füßen stehen hatte, warf Daniel einen dankbaren Blick zu, bevor er sich wieder seinen

Schülern zuwandte. Nachdem Angie gegangen war, begannen sie nachzulassen, was den Trainer dazu brachte, zu schreien.

„Wohin gehen wir?", fragte Daniel.

„Um einen Platz zum Üben zu finden, natürlich", sagte Angie mit einem Schnauben. „Ich habe dich also dazu gebracht, das Raufen zu lernen, was?"

„Nun, ich würde gerne lernen, wie man nicht so viel verliert", sagte Daniel und schnitt eine Grimasse.

„Gut, es gibt nicht viel, was ich dir in so kurzer Zeit beibringen kann, aber wir werden zumindest den Grundstein legen", sagte Angie und rieb sich das Kinn. Nachdem sie einen abgelegenen Platz gefunden hatte, wies sie als Nächstes auf Daniel. „Zieh dich aus."

„Hm? Ich …"

„Deine Rüstung, Dummkopf. Es sei denn, du magst blaue Flecken", sagte Angie. Daniel errötete leicht, fügte sich aber, während Angie weiterredete. „Gut, ich sollte dir ein paar Dinge sagen. Erstens ist das, was ich dir beibringen werde, zunächst am effektivsten gegen Humanoide. Außerdem werde ich dir hauptsächlich Prinzipien, Ideen und Konzepte beibringen, nicht so sehr spezifische Bewegungen. Es wird länger dauern, bis du es gelernt hast, aber das bedeutet, dass du, sobald du es verstanden hast, einige dieser Fähigkeiten gegen Monster einsetzen kannst."

„Monster?", sagte Daniel und runzelte die Stirn.

„Jupp", sagte Angie grinsend. „Wie Gelenksperren. Es ist egal, ob es ein Hund, ein Qimm oder ein Kobold ist, wenn er ein Gelenk hat, bewegt er sich in eine bestimmte Richtung. Man muss nur wissen, in welche Richtung man sie verletzen muss. Ach ja, das sollte selbstverständlich sein. Raufe dich nicht mit Schleimen, Egel, Quallen und dergleichen."

„Das haben schon Leute versucht?", sagte Daniel und versuchte, sich vorzustellen, wie das gehen würde. Sein Verstand sträubte sich.

„Ich hatte schon einige dumme Schüler", sagte Angie sachlich.

„Oh", sagte Daniel leise, unsicher, wie es weitergehen sollte.

„Da du ein Heiler bist, überspringe ich meinen üblichen Vortrag über Gelenke, Sehnen, Nerven und dergleichen. Jetzt gib mir deine Hand …", fuhr Angie fort und ignorierte die Unbehaglichkeit der Situation, während sie zu Daniel hinüberging. Vorsichtig streckte Daniel seine Hand aus, und sie ergriff sie, zog ihn schnell zu sich heran und drehte ihn. „Das Erste, was du tun willst, wenn du zupackst, ist, ihnen das Gleichgewicht zu nehmen. Taumelnden Personen fehlt eine Basis, was bedeutet, dass sie nicht so viel Kraft aufbringen können, um dich zu treffen. Natürlich, wenn sie Klauen haben,

Elementare sind oder Stacheln haben, ist das weniger ein Problem für sie. Aber …"

***

Stunden später saß Daniel auf dem Boden und stöhnte leise. Angie war unerbittlich gewesen, denn ihre Philosophie war, dass etwas Gefühltes leichter zu lernen war als etwas Gesprochenes. Das demonstrierte sie mit jeder Gelenkmanipulation, jeder Sperre, jedem vermittelten Stück Weisheit an Daniel. Sobald sie über die Grundlagen hinaus war, ließ sie Daniel die Bewegungen an ihrem Körper ausprobieren. Aber es ließ Daniel immer noch wund und schmerzend zurück, besonders da Angies häufigster Refrain war: „Komm drüber weg oder heile dich selbst. Und jetzt komm, mach das noch mal." Wenn Daniel sie dann nicht richtig festhielt, flüchtete sie und zeigte ihm eine neue, innovative Methode, ihn zu demütigen.

„Also, ich weiß, wir haben uns amüsiert, aber das Silber war nur für zwei Stunden", sagte Angie, während sie sich auf einen Stuhl setzte und einen Schluck aus einem Flachmann nahm. Selbst von hier aus konnte Daniel den Rotwein riechen, der darin enthalten war.

„Tut mir leid. Ich werde Seth später bezahlen", sagte Daniel. „Oder ich könnte –"

„Nee, wenn du sagst, dass es dir gut geht, glaube ich dir."

Daniel nickte dankend, froh, dass er einfach warten konnte, bis sein Körper aufhörte zu schmerzen. Ohne dass Angie es wusste, hatte er seine Gabe ein wenig angezapft statt eines Zaubers, wie sie erwartet hatte. Hauptsächlich, um gerissene Muskeln und verdrehte Gelenke zu reparieren und deren Heilungsgeschwindigkeit zu erhöhen. Den Muskelkater und die Erschöpfung ließ er in Ruhe.

„Wie kommt –", begann Daniel und hielt dann inne, unsicher, ob es taktvoll war, weiterzumachen.

„Wie kommt es, dass ich nicht mehr Schüler habe?", sagte Angie und seufzte. „Die meisten Leute würden lieber Dinge schlagen. Und sie denken, sie können einfach Dinge schlagen, bis ein Freund vorbeikommt und sie rettet. Vielleicht würden sie für ein paar Lektionen vorbeikommen, um ein paar Fluchtmanöver zu lernen. Ein paar Wege, um rauszukommen und wieder aufzustehen, aber hauptsächlich geht es um Schlagen, Schlagen, Schlagen."

„Ah", sagte Daniel mit einer Grimasse. Das war ja schließlich auch das, was er hier lernen wollte.

„Es ist okay. Ich hab's verstanden. Auf deinem Level sind die meisten deiner Skills waffenbasiert. Es ist schwer, einen *Spalter* ohne Schwert zu benutzen. Oder einen *Schildschlag* ohne einen Schild", sagte Angie. „Du musst dich an deinen Skills orientieren. Aber, weißt du, mit ein bisschen mehr Training, wenn du aufstehst? Du könntest ein oder zwei Gliedmaßen brechen, den Bastard zu Boden bringen. Sie davon abhalten, dich oder deinen Freund zu verletzen."

„Wie viel mehr Training?", fragte Daniel mit einem Stirnrunzeln. Das klang … vernünftig.

„Ein paar Monate", sagte Angie. „Für einen Humanoiden. Vielleicht noch ein paar mehr, um sich daran zu gewöhnen, es gegen Nicht-Humanoide einzusetzen."

„Oh …", sagte Daniel und hielt inne, als er über ihre Worte nachdachte. Er war erst zweiundzwanzig, also schien es ihm einschüchternd, ein halbes Jahr damit zu verbringen, eine Reihe von Skills zu erlernen, die nur am Rande nützlich waren. Andererseits war es ein Skill, das er brauchen würde, vielleicht für den Rest seiner hoffentlich langen Karriere.

„Na, hast du dich ausgeruht?", fragte Angie und hüpfte wieder auf die Beine, während sie jeden Zweifel beiseiteschob. „Wir haben heute noch mehr zu lernen. Wenn du das Geld dafür hast, meine ich."

„Das habe ich", bestätigte Daniel mit einem Nicken. In der Ecke bemerkte Daniel, dass Omrak ebenfalls trainierte. Er war vor einer Stunde angekommen, um zu lernen, wie er sein Schwert besser führen konnte. Sie hatten schließlich nur noch ein paar Tage bis zum Turnier.

∗∗∗

Die letzten paar Tage vergingen in einem Dunst aus Training. Daniel stolperte immer wieder erschöpft zu ihrem Gasthaus zurück, um sein Essen aus Erins wartenden Händen zu nehmen. Manchmal allein, manchmal mit seinen Freunden, verzehrte Daniel schweigend mehrere Portionen der Mahlzeit, bevor er nach oben stolperte, um zu schlafen. Nur weil die Gilde über Badehäuser verfügte, war er überhaupt vorzeigbar, seine Erschöpfung war so groß, dass Daniel nie auf die Idee gekommen wäre, sich auf den Weg in ein anderes Gebäude zu machen.

Zu Daniels Erstaunen schaffte es Omrak irgendwie immer, später aufzubleiben als er, und verbrachte zumindest ein paar Stunden länger im Gemeinschaftsraum, um zu trinken und anderweitig mit neu gefundenen Freunden zu feiern. Trotz der attraktiven Preise, die das Turnier bot, nahmen nicht alle Gruppen daran teil. Sie zogen es vor, ihre Münzen zu sparen und die ruhigeren Ebenen zu nutzen, um Quests und ihre Erkundungen zu erledigen.

Asin hingegen war noch rätselhafter und verbrachte ihre Tage mit dem Training außerhalb der Gilde. Auf Nachfrage gab sie nur an, dass sie einen Trainingsort im Beastkin-Viertel gefunden hatte. Daniel bemerkte, dass sie nicht sprechen wollte, und ließ die Sache auf sich beruhen, auch wenn die Neugierde an ihm nagte.

Dennoch saßen alle drei am Tag vor dem Turnierbeginn in dem überfüllten Gasthaus. Viele der anderen Abenteurer, die an dem Turnier teilnehmen wollten, nahmen sich den Tag ebenfalls frei, um ihre Körper ausheilen zu lassen und nicht zu riskieren, dass sie sich am Tag vor dem Ereignis eine kleine Verletzung zuziehen. Das sorgte dafür, dass Erin und ihre Mitarbeiter an diesem Tag extrem beschäftigt waren, um den Bestellungen nachzukommen. Selbst wenn Daniel ihre Körper heilen konnte, konnte er nichts für ihren Geist tun, und so nahm auch das Team den Tag frei – schließlich hatten sie die gesamten letzten Wochen damit verbracht, ihr Bestes zu geben, um aufzuholen.

„Wie habt ihr alle abgeschnitten?", fragte Daniel neugierig.

„Ich habe meine Zweihandwaffenfertigkeit verbessert", sagte Omrak stolz und grinste. „Ihr steht vor einem Novizen 4, der ein Zweihandschwert führt."

„Schön“, sagte Daniel. „Das gibt dir mehr Optionen, wenn du das nächste Mal ein Level aufsteigst, richtig?“

„Ja“, nickte Omrak. „Ich bin gespannt, welche Möglichkeiten es gibt. Es müsste allerdings schon extrem attraktiv sein, um mich von *Spalter* wegzubringen.“

„Har“, gluckste Daniel. Er wusste, dass Omrak schon seit einer Weile nach dem mächtigen Einzelschlag-Angriff lechzte. Er hätte ihn schon früher genommen, aber der Bedarf an einem Skill zur Kontrolle der Menge hatte für die Gruppe Vorrang gehabt. Es war ein Opfer, das Daniel voll und ganz zu schätzen wusste. „Gut, wir werden es herausfinden.“

„Ja, das werden wir“, sagte Omrak, dann grinste er. „Vielleicht werden wir im Turnier gleichziehen.“

„Vielleicht.“ Daniel zuckte mit den Schultern. Die Einführung neuer Monster gab den Kämpfern normalerweise einen

Erfahrungsschub, was einer der Gründe war, warum das Turnier so beliebt war. Natürlich war „normalerweise" das wichtige Wort. Wenn ein Abenteurer nicht genug Erfahrung im Kampf sammelte – sei es durch einen schnellen Kampf oder einfach durch mangelnde Wahrnehmung –, würde er diesen Bonus nicht bekommen. „Asin?"

„Aufgelevelt. Neuer Skill. *Knochenbrecher*", sagte Asin.

„Du hast einen Level gewonnen?", sagte Daniel erstaunt.

„Fast. Dungeon. Freund", sagte Asin achselzuckend.

„Wirklich, ein Freund hat dich in den Dungeon gebracht", sagte Daniel wieder langsam. „Den wir noch nicht kennen."

„Eifersüchtig?", fragte Asin, ihre Ohren bewegten sich und ihr Schweif richtete sich hinter ihr auf. Daniel runzelte die Stirn, als er den Unmut in ihrem Schweif las, und hielt inne, um über ihre Worte nachzudenken. Warum war sie wütend?

„Nein. Nicht eifersüchtig. Nur besorgt", sagte Daniel langsam und betrachtete seine eigenen aufgewühlten Gefühle. „Und überrascht. Ich hätte nie gedacht, dass du so einen Freund für dich behalten würdest."

Asin schnaubte leicht bei Daniels Worten, ihre Nase rümpfte sich. Die Stille dehnte sich, aber langsam entspannte sich ihr Schwanz und begann wieder zu wackeln. Schließlich tauchte sie den Kopf in den Becher und sagte noch ein Wort, ganz leise. „Tevfik."

„Tevfik!", rief Daniel, dann senkte er verlegen die Stimme. Nicht dass es jemand gehört hätte, die zahlreichen Gespräche um sie herum übertönten seinen eigenen Ausruf. „Tut mir leid. Ich war nur überrascht."

„Was ist ein Tevfik?", fragte Omrak und drehte sich um, um seine beiden Freunde anzustarren.

„Oh. Hmm …“ Daniel hielt inne, als ihm klar wurde, dass die beiden den Catkin aus ihren Geschichten über Silverstone ausgelassen hatten. Immerhin war Tevfik eher eine persönliche Angelegenheit als die Sache des Dungeons. „Er war Asins … ähm … Freund?“

„Freund“, antwortete Asin mit einem festen Nicken. „Ist.“

„Oh. Ihr seid wieder zusammen. Natürlich seid ihr das“, sagte Daniel und schüttelte den Kopf. Ein Anflug von Sorge stieg in ihm auf, darüber, dass seine junge Freundin sich wieder einmal zu viel vorgenommen hatte. Er erinnerte sich daran, wie ihr Vater ihm *vorgeschlagen hatte*, in Karlak ein Auge auf seine Tochter zu werfen, und Daniel konnte nicht anders, als sich Sorgen um sie zu machen. Als Asin ihn anfunkelte, zog er den Kopf ein und machte sich eine Notiz, die Sache im Auge zu behalten.

„Glückwunsch!“, sagte Omrak, klopfte Asin auf die Schulter und stieß die schlanke

Catkin fast von ihrem Stuhl. Sie knurrte Omrak an, der nur lachte.

„Du?", sagte die Catkin und beugte sich dann vor, wobei sie leicht schnupperte. „Sara?"

„Es ist nichts passiert!", sagte Omrak und sprang fast in seinem Stuhl auf, als er hastig sprach. „Nichts. Wir haben uns nur unterhalten."

„Du weißt, dass sie mehr tun will, als nur reden, oder?", sagte Daniel, seine Lippen leicht zu einem Lachen verzogen.

„Das …" Omrak errötete und starrte dann direkt auf Daniel, als dieser das Thema wechselte. „Was hast du gelernt?"

„Es ist in Ordnung, über diese Dinge zu reden, weißt du, das ist ganz natürlich – besonders für uns Abenteurer", sagte Daniel, dessen Augen vor Humor funkelten.

„Was. Hast. Du. Gelernt."

Leise glucksend ließ Daniel das Thema fallen. „Ich habe die letzten Tage damit verbracht, mit Angie Grappling zu trainieren – unbewaffneten Kampf eigentlich –"

Seine beiden Freunde runzelten leicht die Stirn über Daniel, der schnaubte: „Ich bin nicht so extrem stark oder wendig wie manche Leute. Das gibt mir mehr Möglichkeiten, wenn ich auf dem Rücken liege. Meine *Waffenloser Kampf*-Skills haben sich dadurch weiterentwickelt, zusammen mit meinem *Kampfsinn*."

Mit diesen Worten wurde die Gruppe still. Schließlich war es Omrak, der das Thema ansprach, das allen auf der Seele lag. „Können wir gewinnen?"

„Das werden wir morgen herausfinden", antwortete Daniel.

Auch Asin zuckte mit den Schultern, bevor sie der Kellnerin zuwinkte und ihr drei Becher mit Bier abnahm. Sie bezahlte schnell die Kellnerin, die bereits auf dem Weg zurück zur Bar war, und Asin hob ihren Becher zu ihren Freunden.

„Sieg.“

„Sieg!“ Die beiden jubelten ihr zu und leerten ihre Becher. *Was auch immer morgen passierte, zumindest würde es interessant werden*, dachte Daniel.

Kapitel 8

Um einen reibungslosen Ablauf zu gewährleisten und sicherzustellen, dass das Turnier rechtzeitig endete, wurden die Kämpfe für die Gruppen der niedrigsten Level zuerst abgehalten. Auf diese Weise konnte die größtmögliche Anzahl an Kämpfern so schnell wie möglich durch die Arena geführt werden. Die Kämpfe wurden auch so geplant, um sicherzustellen, dass die Abenteurer genug Zeit hatten, sich von kleineren Verletzungen zu erholen, bevor sie im Falle eines Sieges Artos betraten.

So fand sich das Trio inmitten einer großen Menge von anderen Gruppen wieder, die alle die Konkurrenz misstrauisch beäugten. Einige Gruppen, die die Anspannung ignorierten, sprachen fröhlich miteinander und gruppierten sich in deutlichen Massen. Die meisten dieser Gruppen waren älter, hatten eine bessere

Ausrüstung und trugen Abzeichen der größeren Gilden der Stadt.

Für Daniel war das nicht wirklich überraschend. Wenn das Team die erste Ebene nicht überstürzt hatte, konnte jede andere Gruppe leicht ein paar gute Monate brauchen, um sie vollständig zu überwinden, vor allem, wenn man Verletzungen und Erholungszeiten einbezog. Viele Gruppen würden nur selten sofort in das nächste Level aufsteigen, selbst wenn sie es könnten, und so viel wie möglich von ihren Errungenschaften abzwacken. Die zweite Ebene, so hatten Daniel und sein Team herausgefunden, würde noch schwieriger sein. Selbst mit ihren Vorteilen rechnete Daniel nicht damit, dass sie die Ebene des Dungeons in weniger als drei Monaten schaffen würden. Das war mit, wie Daniel meinte, reichlich Zeit zum Ausruhen – aber er wusste auch, dass ihre Gruppe eine Arbeitsmoral hatte, die nur wenige andere zu haben schienen. Zu viele Abenteurer begnügten sich damit, genug für ein paar Monate Spaß und Erholung zu verdienen, bevor sie eine Pause einlegten. Vielleicht lag es daran, dass Daniel gezwungen war, so lange zu warten, dass er das allgegenwärtige Rauschen der Zeit spürte.

„Herzlich willkommen", rief eine laute Stimme, als ein Mann in Weste und mit Stock auf einer für ihn aufgestellten Box stand. „Mein Name ist Jules Sherred. Ich werde heute der Ringmeister und Ansager sein. Zunächst einmal danke ich euch, dass ihr so früh gekommen seid. Gleich werden meine Leute damit beginnen, euch alle auf eure jeweiligen Warteräume zu verteilen. Aufgrund der Anzahl der teilnehmenden Gruppen werdet ihr in Fünfergruppen kämpfen. Die erste Runde wird ein Zeitkampf sein. Wenn ihr es nicht schafft, eure Monster in den vorgesehenen fünf Minuten zu besiegen, kommt ihr nicht in die zweite Runde."

Jules schwieg und begnügte sich damit, das Gemurmel eine Weile anschwellen zu lassen, bevor er die Hand hob. Ob es nun Geschicklichkeit oder ein Skill war, einen Moment später erhielt er Schweigen. „Ich verstehe eure Bedenken, aber unser Platz und unsere Zeit sind begrenzt. Je nach der Anzahl der Gruppen, die die erste Runde bestehen, müssen wir für die zweite Runde ein Ausscheidungsformat durchführen. Sobald wir eine annehmbare Anzahl von Gruppen erreicht haben, werden wir ein Punktesystem einführen, bei dem die Gruppen mit der höchsten Anzahl von Kills und Clears ausgewählt werden, um Artos zu betreten."

Erneut begann ein Murren, aber diesmal gab Jules kein Signal, dass es aufhören sollte. Stattdessen sprang Jules von der Box und verschwand wieder in der Arena. Im nächsten Moment strömten Schreiber aus der Arena, alle mit stilisierten Steintafeln in der Hand. Als die

Schreiber endlich ihre Gruppe erreichten, bemerkte Daniel, dass diese Steintafeln mit Verzauberungen beschriftet waren.

„Team?"

„DAO", antwortete Omrak.

Der Schreiber strich mit dem Finger über die Tafel, Namen erschienen und verschwanden, während der Zauber die Anzeige veränderte. Nachdem er ihren Eintrag gefunden hatte, sagte der Schreiber: „Raum C8. Geht hinein, wendet euch nach links und betretet den dritten – noch mal, der dritte – Gang, den ihr auf eurer rechten Seite findet. Und jetzt wiederholt das."

„Raum C8. Links und dann der dritte Durchgang rechts", sagte Daniel. Ohne ein Wort drehte sich der Angestellte um und ließ das Trio zurück.

„Ich schätze, wir haben unseren Marschbefehl", sagte Daniel und gestikulierte, dass das Team reingehen sollte.

Gemeinsam betrat das Trio die Arena und ging mit anderen Teams schweigend durch die mit Manasteinen beleuchteten Steinkorridore. Jetzt, wo sie in der Arena selbst waren, stieg die Spannung, jede Gruppe wurde leiser, während sie zu ihren Räumen gingen. Es war eine unangenehme, wenn auch nicht völlig unerwartete Überraschung, als sie feststellten, dass sie sich den Raum mit drei anderen Gruppen teilen würden. Die Gruppe nahm ihre eigene Ecke und richtete sich leise ein.

Innerhalb einer Stunde konnte das Team die gedämpften Gespräche des Publikums hören, als sie die Arena betraten. Selbst wenn sie sich unter der Arena befanden, hallten der Lärm und die Bewegung durch den Raum. Es war keine Überraschung; die Arena hatte den ersten Tag des Turniers absichtlich zu einem extrem niedrigen Preis angesetzt, um den Parteien nicht nur Aufmerksamkeit zu verschaffen, sondern auch, um das Stadion zu füllen. Schließlich würden die Kämpfe, die gezeigt werden sollten, im Vergleich zu den blauen und weißen fortgeschrittenen Abenteurern deutlich weniger Anziehungskraft haben.

In weiteren zwei Stunden waren die ersten Rufe aus der Menge zu hören, als die Veranstaltung begann. Zu diesem Zeitpunkt hatten sich viele der Gruppen bereits hingesetzt und beschäftigten sich, wie es ihrer Persönlichkeit entsprach. Überall um das Trio herum lasen die Abenteurer, naschten, schärften und pflegten immer wieder ihre Waffen, und eine Gruppe amüsierte sich beim Kartenspielen prächtig. Asin war damit beschäftigt, mit ihren Messern zu jonglieren, während Omrak zusah und sein Schwert reinigte. Daniel selbst hatte sich der Lektüre zugewandt und las ein Buch über pflanzliche Produkte und deren Verwendung, um sein Wissen über Heilung zu erweitern. Doch trotz all seiner Disziplin ertappte sich Daniel dabei, dass er immer wieder dieselbe Seite las.

„Wann sind wir endlich dran?", sagte Daniel, während er seinen Finger in das Buch legte.

Es gab ein paar zustimmende Grunzer auf Daniels verärgerten Ausruf, aber bald darauf trat Stille ein. Sie warteten immer noch.

***

„Komm schon, Omrak", sagte Daniel, und seine wachsende Verärgerung überlagerte seine Worte.

„Mmmpphhfffblrgh!", murmelte Omrak und trank einen Schluck aus seiner Feldflasche, während das Trio auf den Sand der Arena hinauseilte. Endlich waren sie an der Reihe, und zwar zu einem denkbar ungünstigen Zeitpunkt, denn das Trio hatte gerade mit dem Mittagessen begonnen. Anstatt das Essen beiseitezulegen, stopfte sich Omrak die Fleischpastete in den Mund, während sie dem Schreiber hinterhereilten.

Es war dieser Anblick – der eines riesigen blonden Nordländers, dessen Backen mit Essen vollgestopft waren und der ein mächtiges zweihändiges Schwert trug, angeführt von einer Catkin in einem kurzen Mantel und einem vollständig bekleideten, Eisenplatten-Panzer tragenden Abenteurer –, der das Publikum begrüßte. Das Gebrüll der Aufregung verebbte ein wenig, als die Menge diesen seltsamen Anblick aufnahm, besonders als Daniels stolperte und er stehen blieb, als er hereinkam.

So viele Menschen. Das war alles, woran der junge Abenteurer denken konnte. Omrak schien unter der Aufmerksamkeit der Menge zu glühen, streckte seinen Rücken durch und winkte allen zu, während Asin alles ignorierte, um sich auf die andere Seite des Stadions zu konzentrieren. Um sie herum deutete nur ein leichter blauer

Schimmer darauf hin, dass sie magisch von den anderen Gruppen in der sandigen Arena abgetrennt waren, von denen einige in einen verzweifelten Kampf verwickelt waren.

„… Dreigestirn, DAO!" Jules' Stimme dröhnte und durchbrach irgendwie das Gebrüll der Menge. „Und ihnen gegenüber stehen … nun, ihr habt es erraten. Kobolde!"

„Daniel!", zischte Asin, ihr Schwanz schlug dem jungen Mann ins Gesicht. Daniel blinzelte, als er sich wieder konzentrierte, und blendete die Menschenmenge aus, als sich die Türen öffneten und ein Dutzend Kobolde herauskamen; kleine, schlaksig aussehende Kreaturen ohne Fell, die Dolche und grobe Speere trugen. Anders als die Kobolde in Karlak sahen diese Monster besser genährt und verrückter aus.

„Kobolde. Har! Das wird einfach", sagte Omrak, als er den letzten Rest seiner Mahlzeit heruntergeschluckt hatte. „Ich werde mich selbst um sie kümmern." Mit einem Lachen rannte der große Nordländer los, sein Schwert an der Seite.

„Nein …", knurrte Asin und schüttelte den Kopf, während sie ihm nachlief. Innerhalb von Sekunden hatte sie den Nordländer überholt, die Messer erschienen bereits in ihrer Hand, als sie auf Wurfweite herankam.

Daniel zog eine Grimasse, als er sah, dass es keine Strategie geben würde. Gut, das war okay. Es waren nur Kobolde. Als er ebenfalls Anlauf nahm, fand sich Daniel hinter seinen Freunden wieder, die ohne ihn losgezogen waren, was ihn dazu zwang, zu versuchen – und zu scheitern –, mit seiner Plattenrüstung aufzuholen.

Noch während er rannte, sah Daniel, wie Asin ihre Dolche warf und die Waffen sich ausdehnten, als sie *Messerfächer* auslöste. Kobolde duckten sich, blockten und wichen dem Angriff aus, alle bis auf ein Unglücksmonster, das dem Angriff falsch auswich. Aber es hatte seinen Teil dazu beigetragen, da es die Monster verteilte, damit Omraks rücksichtsloser Angriff in ihre Mitte gelangen konnte. Mit einem Lachen begann Omrak, sein Schwert in großen, schleifenförmigen Angriffen zu schwingen, die die Kobolde weiter spalteten.

Gebellte, gutturale Befehle kamen aus dem Mund eines der größeren, älter aussehenden Monster. Innerhalb von Sekunden hatte sich die Gruppe neu formiert. Ein Trio von Speerträgern stand plötzlich vor Omrak und bedrängte ihn mit ihren Speeren, während sich der Rest abspaltete, um Asin und Daniel anzugreifen. Der Anführer der Kobolde selbst stürmte auf Asin zu, sein Körper schien an Größe zuzunehmen, als er sie mit seinem Schwert angriff, gefolgt von der Mehrheit der übrigen Gruppe. Ein weiteres Paar mit ihren eigenen Kurzschwertern konzentrierte sich auf Daniel, als dieser ankam.

„Danke", knurrte Daniel, während er sich unter seinen Schild kauerte und den Schlag einsteckte. Anstatt langsamer zu werden, nutzte

Daniel den Angriff und den Moment der Verwundbarkeit, um einen *Schildschlag* auszulösen, der das Schwert aus der Hand der kleineren Kreatur riss. Bevor er jedoch aus dem Moment der Schwäche Gewinn schlagen konnte, stürzte sich der andere Kobold mit einem Stich in sein Gesicht auf ihn.

„Nein, du sollst kämpfen …" Omrak kam stotternd zum Stehen, ein leuchtend grüner Speer stieß direkt auf sein Gesicht zu. Sein Versuch, die *Herausforderung des Nordens* heraufzubeschwören, wurde von einem anderen Skill unterbrochen, und Omrak war gezwungen, den Angriff abzublocken, was ihn für einen Stich eines anderen Speerträgers ungeschützt ließ. Dieser Angriff glitt von seiner Rüstung ab und verletzte den Nordländer, der sich daraufhin drehte, um mit dieser Bedrohung fertig zu werden.

„Sie setzen Skills ein!", rief Daniel, um sein Team zu warnen, und machte große Augen. Wie

Omrak war Daniel überrascht gewesen, dass sie Kobolde ausgewählt hatten, um mit den Abenteurern der Fortgeschrittenenklasse fertig zu werden, aber die Tatsache, dass diese nicht aus dem Dungeon stammenden Kobolde Skills benutzen konnten, erklärte vieles. Die Tatsache, dass sie zusammenarbeiteten, das Trio auseinanderhielten und die Aufmerksamkeit auf das am wenigsten gepanzerte Mitglied richteten, tat es ebenfalls.

„Hilfe!", rief Asin, als sie sich vor einem weiteren Schnitt duckte, ihre Arme und ihr Oberkörper bluteten bereits. Sogar ihre verzauberte Halskette glühte, überanstrengt, wie sie war, da sie den Winkel der Angriffe in letzter Sekunde veränderte, als der Kobold-Anführer den Vorteil der Gruppe durch das Ausschwärmen zur Catkin stärkte.

„Verdammt", knurrte Daniel und beschloss, es zu riskieren. Er konzentrierte seine Angriffe auf den zweiten Kobold, der ihm gegenüberstand, drehte dem anderen größtenteils den Rücken zu und begann seine Waffe zu schwingen, um seinen Gegner zurück in Richtung der Umzingelung von Asin durch seine Kameraden zu treiben.

Ein Schlag prallte an seinem Rücken ab und ließ Daniel ein wenig taumeln. Diese Bewegung erlaubte es seinem Gegner vorne, nach vorne zu springen und mit seinem erhobenen Waffenarm zuzustoßen, der auf seine ungeschützten Körperstellen zielte.

„Hab ich dich!" Daniel schlug seinen Schild nach vorne, löste *Schildschlag* aus und schlug das Monster nach hinten. Ein bisschen zu langsam, denn der kalte Stahl grub sich in seinen Arm und hinterließ eine lange Furche. Daniel wusste, dass es später wehtun würde, aber im Moment war es eine Ablenkung. Als der Kobold sich erholte, trat er zur Seite und löste *Perins Schlag* aus, um das Monster in Asins Umkreis stürzen zu lassen.

Ihre Linie war durchbrochen, die Kobolde fielen zurück, um sich zu erholen. Doch anstatt wegzuspringen, sprang Asin mit einem Knurren auf ihren Anführer zu. Sie blockte seinen reflexartigen Angriff mit einem Messer, während sie den Knauf ihres anderen Dolches benutzte, um den Kopf des Monsters zu zertrümmern und in diesem Moment *Knochenbrecher* auszulösen, während Blitze aus ihren verzauberten Armschienen in ihn einschlugen. Der Kobold fiel nach hinten, betäubt mit einer neuen Beule am Kopf, während Asin den Angriff fortsetzte und ihre Dolche tanzten.

Die Kobolde knurrten, als sie sich bewegten, um ihren Anführer zu beschützen, aber Daniel machte einen schnellen Schritt nach vorne und positionierte sich, um die meisten zu blocken, während er *Doppelschlag* auslöste, um die Kobolde fernzuhalten und sie herumzujagen. Hinter ihm heulte Omrak auf, als er das momentane Chaos ausnutzte, um einen Kobold zu zerteilen, dessen Leiche zuckend zu Boden fiel, bevor er sich um seine beiden anderen Angreifer kümmerte. Schon leuchtete ein rotes Licht über seinen ganzen Körper, während blutende Wunden seine Arme bedeckten und Blut aus einer verletzten Schulter rieselte.

Ein vorgetäuschter Schlag lockte einen Kobold heran, nah genug, dass Daniel mit seinem Hammer zuschlagen und seinen Arm brechen konnte. Ein anderer Kobold stieß sein Schwert in die Lücke, die durch Daniels Angriff entstanden war. Der Angriff des Kobolds glitt mit einem Klirren von Metall auf Metall an der Rüstung des Abenteurers entlang, was Daniel zusammenzucken ließ. Während er sich erholte, warf sich ein dritter Kobold auf das Bein des stämmigen Abenteurers und versuchte, ihn zu Fall zu bringen.

Eine dumme Aktion, wenn man den Größenunterschied und Daniels kürzlich erfolgtes Training bedenkt. Er krümmte seinen

Körper leicht, um sein Gewicht zu verlagern, machte einen Ausfallschritt und ließ dann die Kante seines Schildes auf den Hinterkopf des Kobolds prallen, wodurch das kleinere Monster zusammenbrach. Doch trotz all seiner Heldentaten konnte Daniel die Kobolde nicht davon abhalten, um ihn herum zu strömen und seine Freundin anzugreifen. Dennoch hatte er ihr genug Zeit verschafft, um den Kobold-Anführer am Boden liegen zu lassen, der an seinem Blut erstickte.

„Keine mehr!", brüllte Omrak, nachdem er einen weiteren seiner Kobolde mit einem Ausfallschritt aufgespießt hatte. Sein Angriff hatte ihm einen Speer im Bein eingebracht, aber da beide Kobolde nicht angreifen konnten, nutzte Omrak den Moment, um sein Skill auszulösen. Sofort wandten sich alle Kobolde der neuen Bedrohung zu, angezogen von der durch den Skill ausgelösten Herausforderung.

„Meiner", knurrte Daniel, als er seinen Hammer in die Rippen eines fliehenden Kobolds schleuderte. Eine Sekunde später holte er erneut aus, um dem Monster den Garaus zu machen, während Asin einem anderen Kobold einen Dolch mit dem Skill *Durchbohrender Schuss* in den Rücken schleuderte.

Als sich die verbliebenen Kobolde um Omrak scharten, löste er sein neues Skill aus. Die rote Lichtwolke formte sich zu Blitzen, die in jedes Monster um ihn herum einschlugen. Die Kobolde schrien vor Schmerz und in einigen Fällen starben sie durch den Angriff, was den Abenteurern eine kurze Atempause verschaffte, um den Kampf zu beenden. Da sowohl der Anführer als auch seine Skill-schwingenden Brüder tot waren, war es ein Leichtes, die restlichen Monster zu erledigen.

Daniel stöhnte, als er sich vorbeugte und langsam atmete, während er versuchte, Luft zu holen. Selbst der Geruch von verschüttetem

Blut, zerrissenen Eingeweiden und entleerten Gedärmen reichte nicht aus, um ihn vom tiefen Atmen abzuhalten. In einem anderen Teil der Arena bemerkte Daniel ein paar Abenteurer, die sich nicht beherrschen konnten und sich übergaben, da sie mit dem Blut und dem Durcheinander der erschlagenen Monster außerhalb des Dungeons nicht umgehen konnten. Daniel dankte im Stillen seinen Glückssternen, dass ihre früheren Erfahrungen mit Quests und dem Krieg ihre Gruppe bis zu einem gewissen Grad an solche Vorführungen gewöhnt hatten.

„Und DAO beendet die erste Runde in vier Minuten und dreiundzwanzig Sekunden", verkündet Jules. „Glückwunsch! Und jetzt räumt die Arena."

Noch während Jules sprach, eilten Bedienstete mit Schubkarren hinaus, um die Leichen wegzukarren. Auf die gezielten Ermahnungen hin machte sich das Trio auf den

Weg nach draußen, wobei alle drei humpelten und sich nur mühsam bewegten. Als sie hinausgingen, konnte Daniel nicht umhin, einen letzten Kommentar zu hören.

„Nutzlos. Mit diesen Verletzungen werden sie nicht über die zweite Runde hinauskommen.“

Kapitel 9

„Stirb, Ungeziefer! STIRB!", schrie Omrak, als er sein Schwert in den Rücken der Giftkakerlake schlug. Die Kreatur drehte und wendete sich, ihr Rücken flachte unter dem Schlag ab und ihre Flügel und ihr Panzer brachen unter den wiederholten Angriffen auseinander.

Neben dem Nordländer war Daniel damit beschäftigt, die Beine einer weiteren Kakerlake zu zerquetschen, wobei sein Schild von dem ausgespuckten Gift der Monster tropfte. Mit jedem verkrüppelten Bein wurde das Ungeheuer weiter verlangsamt. Die Hälfte der Beine war bereits zertrümmert, eines hing gerade noch am seidenen Faden, als das Monster versuchte, zu ihm zu kriechen.

Asin, die sah, dass die beiden mit ihren Monstern fast fertig waren, rannte zurück zur Gruppe, sprang und drehte sich, um ein Paar Messer kreischend durch die Luft zu schicken, als sie *Durchbohrender Schuss* auslöste. Die Angreiferin flog durch die Luft, um die Monster, die sie weggeführt hatte, weiter zu sich zu locken. Als sie landete, sprintete die Catkin an Omrak vorbei, bevor sie mit stolzgeschwellter Brust zum Stillstand kam.

„Gute Arbeit, Asin!", rief Daniel, während er sich tief duckte und den herannahenden Biss der Kakerlake auf seinem Schild abfing, bevor er ihn hochhob und mit einem Unterhandschlag *Perins Schlag* auslöste. Durch den Angriff angehoben, fiel die Kakerlake auf den Rücken und wurde von Daniel ignoriert, während er sich in den Kampf gegen das neu eingetroffene, blutende Paar neben Omrak stürzte.

Zu sehr außer Atem, um zu antworten, keuchte Asin nur in der Ecke, ihre Hände zitterten, als das Gift durch ihre Adern floss. Ihr Dolch fiel ihr aus den gefühllosen Fingern, was sie zu einem leichten Wimmern zwang. *Blödes Gift,* fluchte Asin. Sie war einem Angriff größtenteils ausgewichen, nur um von einem weiteren Angriff des Monsters getroffen zu werden. Wenigstens hatte sie es geschafft, eines der drei zu töten, die sie abgelenkt hatte, während die beiden mit den anderen Monstern fertig wurden.

Als die Welle des Schmerzes verging, blickte Asin auf und sah, wie ihre Freunde die letzten Kakerlaken erledigten. Mit zusammengekniffenen Lippen zog sie ein weiteres Messer und warf es auf das umgestürzte Monster, wobei der Wurf in den weichen Unterleib der Kreatur einschlug. Doch es gab nicht auf, was die Catkin frustriert knurren ließ. Während sie nach einem weiteren Dolch tastete, schritt Omrak mit seinem Schwert heran, um es in die hilflose Kreatur zu stechen, Daniel legte eine Hand auf sie.

„Halte still", murmelte Daniel und wirkte erst *Kleine Heilung (II)* und dann *Zeichen des Heilers*. „Ich danke dir. Das wäre ohne deine Ablenkung viel schwieriger gewesen."

Als Asins Kopf langsam wieder klar wurde, schnüffelte sie an sich selbst und jaulte vor Wut. Sie stank, und die verdammte Arena auch. Nach drei verschiedenen Runden im Turnier mit mehreren Gruppen, die die Arena benutzten, begannen sogar die Reinigungszauber, die das Personal benutzte, in ihrer Wirksamkeit zu versagen.

„Zauberspruch?", sagte Asin, nachdem ihr klar geworden war, dass Daniel seine Magie in der Öffentlichkeit eingesetzt hatte. Bislang hatte er sich zurückgehalten, bis sie außer Sichtweite waren.

„Das macht nichts. Wenn die Menge und unsere Konkurrenten es noch nicht gemerkt haben, haben sie nicht aufgepasst", sagte Daniel und half Asin, wieder hinauszuhumpeln.

Asin seufzte und betrachtete die verschiedenen Körperteile. Sie war versucht, eine dieser Leichen zu zerlegen, um ihre Giftsäcke zu finden. Aber natürlich hatten sie nicht die Zeit, das zu tun. Und auch nicht das Recht dazu. Die Leichen waren Eigentum der Arena. In der Tat war das vielleicht der enttäuschendste Aspekt dieses Turniers – das Fehlen von Manasteinen oder anderen Einnahmen.

Wäre da nicht die Tatsache, dass sie eine anständige Summe mit ihren Wetten verdient hatte, wäre Asin noch mehr verärgert gewesen. Bei dem Gedanken an die Münze, die in Tevfiks Hand auf sie wartete, begann der Schwanz der jungen Catkin wieder träge zu wiegen. Mehr Münzen …

***

„Ihr seid nur so gut, weil ihr einen Heiler habt", knurrte ein Abenteurer später am Abend, als das Trio die Arena verlassen hatte und an ihrem Tisch in der Einsamen Kerze saß. Die Arena hatte es geschafft, einen weiteren Kampf für die meisten Gruppen hineinzuquetschen, sodass das Team nun insgesamt vier Siege hatte. Noch sechs Kämpfe und sie würden fertig sein.

„Entschuldige?", sagte Daniel und sah zu dem wütenden Abenteurer auf.

„Ich sagte, ihr schummelt, weil ihr einen Heiler in eurer Gruppe habt", sagte der Abenteurer und spuckte seitlich aus. Daniel runzelte die Stirn, als er den Mann anstarrte, der Anfang dreißig zu sein schien und in eine einfache, mit Nieten besetzte Ledertunika gekleidet war. Eine Narbe verlief über eine Seite seines Gesichts, hinunter zum Hals, und um seinen Arm war ein frischer, neuer Verband, der noch ein wenig blutete. „Ihr habt kein Geschick, keine Taktik. Ihr stürmt einfach rein und kämpft!"

„Ist das nicht unsere Aufgabe?", fragte Omrak, während er aufrichtig verwirrt aussah. „Ich fürchte, ich verstehe nicht, wie wir sonst unsere Gegner besiegen sollen."

„Taktik. Weitreichendes Feuer, ein Schildwall, Kontrolle über die Menge und Schaden-über-Zeit-Angriffe. Zermürbe sie, schütze dich!", spuckte der vernarbte Abenteurer die Worte fast aus. „Du, du! Du bist das Schlimmste. Du stürzt dich einfach auf sie und kassierst dann die Treffer, damit du deinen Skill einsetzen kannst!"

Erneut erschien Erin in der Nähe des aufkeimenden Ärgers und lächelte den Abenteurer an. „Devin, vielleicht ist das nicht der richtige Zeitpunkt? Ich weiß, du bist verärgert, dass du aussteigen musst, aber es ist nicht ihre Schuld, oder?"

„Pah!", sagte Devin, als er seinen Arm von Erins Berührung wegzog. „Jede andere Gruppe, die so viel Schaden genommen hat wie sie, müsste sich zurückziehen. Sie wurde erst heute vergiftet!", sagte Devin und deutete auf Asin. „Und hier ist sie und isst fröhlich vor sich hin."

Als Antwort zischte Asin Devin nur an, bevor sie sich wieder ihren Mund vollstopfte. Die Catkin war ausgehungert, wie man an den leeren Tellern um sie herum sehen konnte. Der ständige Missbrauch der Heilzauber in den letzten Tagen hatte die Vitalität der Catkin erschöpft. Das war etwas, was Daniel ein wenig beunruhigte – jeder Kampf verlangte von ihnen, nahezu perfekt in Form zu sein, aber auch Magie hatte ihre Folgen.

„Und ich habe gehört, dass Maria und Vasco auch beide vergiftet sind", sagte Erin mit Mitgefühl in der Stimme. „Aber sie werden in ein paar Tagen wieder gesund sein, wenn sie sich ausruhen."

„Aber wir können da nicht reingehen, nicht so verletzt", sagte Devin mit einer Grimasse. „Und wir werden keine guten Heiltränke für die geringe Chance verschwenden, dass wir gewinnen."

„Ich weiß, ich weiß", sagte Erin, legte erneut ihre Hand auf den Arm des vernarbten Abenteurers und führte ihn sanft zu seinem Platz zurück. „Warum hole ich dir nicht ein Glas heiße Milch, hm? Vielleicht gemischt mit etwas Kowla-Blut für deinen Arm?"

„Nun, ich mag Milch …"

Omrak saß still da und starrte immer noch dorthin, wo die Gruppe hingegangen war, bevor er sich mit gerunzelten Brauen an Daniel wandte. „Schummeln wir etwa?"

„Es gibt keine Regeln, die besagen, dass wir keine Heilzauber benutzen dürfen", sagte Daniel fest. „Und falls du es noch nicht bemerkt hast, benutzen auch andere Gruppen zwischen den Kämpfen Heiltränke."

„Aber …"

„Wir kämpfen so gut, wie wir es können", sagte Daniel. „Wir könnten versuchen, mehr Fernkampfwaffen zu benutzen, aber ich bin schlecht im Zielen. Und du hast zwei Beile. Ich bin lieber bereit, wenn sie sich uns nähern, als auf dem Weg dorthin vielleicht einen zu töten. Und dein Skill ist nützlich."

Asin nickte bei Daniels Worten, bevor sie hinzufügte. „Keine Skills. Benutzen, was wir haben."

„Nun gut", gab Omrak etwas besänftigt zurück. Als ein weiterer Teller mit Rippchen eintraf, grinste der blonde Riese und konzentrierte sich darauf, seinen hungrigen Körper zu füttern.

Selbst Daniel, dessen Magen gefüllt war, griff nach einem weiteren Stück. Er würde sie alle später mit seiner Gabe untersuchen. Doch während Daniel in die Rippen biss, dachte er darüber nach, was gesagt worden war. Ihr Trio von Abenteurern war buchstäblich das kleinste Team auf dem Spielfeld. Die meisten anderen Gruppen waren mindestens zu fünft, manchmal sogar bis zu sieben Mann stark. Das gab ihnen eine größere Auswahl an Zaubern,

Verteidigungen und Skills, die sie einsetzen konnten.

***

„Was sind das für Dinger?", knurrte Omrak, während er auf die flatternden Monstrositäten starrte, die langsam über der Arena kreisten. Da ihr Ausgang durch einen unsichtbaren Schild blockiert wurde, wandte sich die Schar der Monster den Abenteurern zu, die sie unten beobachteten.

„Shabaz, laut Jules", sagte Daniel abwesend, während er fortfuhr, die Armbrust zu laden, die er aus seinem Inventar gezogen hatte. Neben seinen Füßen lagen ein paar andere Bolzen, bereit für seinen Einsatz. Obwohl es ein Wunder wäre, wenn er eine Chance hätte, sie tatsächlich zu benutzen.

„Aber was tun sie?", knurrte Omrak. Die goldenen Vögel, die eine Entscheidung getroffen zu haben schienen, zogen ihre Flügel an und begannen, die Gruppe im Sturzflug zu attackieren.

„Kommen", sagte Asin, während sie ein Stück von den beiden weghuschte. Omrak, der den Sinn ihres Handelns erkannte, entfernte sich ebenfalls von Daniel, während er seine Beile vorbereitete. Jetzt wünschte er sich wirklich, er hätte wieder einmal den Turmschild.

Asins *Messerfächer* flogen als Erstes heraus und wurden von einem Puls aus goldenem Licht abgelenkt. Die weggestoßenen Dolche fielen um die Gruppe herum. Omraks Axt, die langsamer und ein wenig hinter Asin herflog, konnte der Ablenkung des ersten Vogels entgehen, wurde aber vom zweiten weggeschlagen. Hinter seiner Armbrust kauernd, wartete Daniel, als die Vögel sich näherten, und hielt das Feuer zurück, bis er sicher war, dass er treffen konnte.

Als er sich bereit machte, den Abzug zu betätigen, blitzte erneut Gold auf. Noch bevor er verschwand, wiederholten sich ein zweiter, dritter und vierter Blitz in schneller Folge. Die Goldblitze, die jetzt ganz nah an der Gruppe waren, zwangen die Abenteurer dazu, die Augen zusammenzukneifen, da ihre Körper von den Angriffen erschüttert wurden. Keiner war besonders schädlich, nicht mehr als ein besonders harter Schlag, aber einer, der ihren ganzen Körper betraf, unabhängig von ihrer Rüstung. Und das wiederholte sich leider, bis alle acht Vögel ihr Skill eingesetzt hatten und davonflogen.

„Verdammt", fluchte Daniel, dessen Augen nach den visuellen Angriffen immer noch damit kämpften, sich zu konzentrieren. Als er die Initiative wiedererlangte, war der Schwarm schon wieder am Himmel und machte sich bereit für die Rückkehr.

„Timer", knurrte Asin, während sie mit ihren Messern hantierte.

„Verdammt noch mal. Deshalb haben sie das mit einem Timer versehen. Ich glaube nicht, dass man von uns erwartet, dass wir sie alle töten", sagte Daniel. Für ihr Team würde dies sicherlich ein herausfordernder Kampf werden.

Getreu seinen Erwartungen hatte es das Trio nach Ablauf der fünf Minuten nur geschafft, einen einzigen Vogel zu erlegen. Indem das Trio zusammenarbeitete, hatte es seinen kombinierten Angriff so zeitlich aufeinander abgestimmt, dass er begann, bevor die Vögel die Angriffsdistanz für ihren Schildzauber erreicht hatten, was die Kreaturen dazu zwang, sich zu entscheiden, ihre Gaben zu verschwenden oder zu versuchen, auszuweichen. Dass Asin einen letzten *Durchbohrenden Schuss* hinter Omraks Wurf versteckt hatte, war der Angriff gewesen, der die Tötung erzielte.

Als das Trio düster zu einer Reihe von Buhrufen und Spott zurückging, konnten sie nicht umhin, über ihre weiteren Unzulänglichkeiten nachzudenken.

***

Später am Abend fiel Erin die Kinnlade herunter, als sie die drei Abenteurer aus der Arena zurückkehren sah, wobei der große Nordländer von seinen beiden Freunden begleitet wurde. Sein Bein war geschient und bandagiert worden und wurde hochgehalten, während sie ihn zum nächsten freien Tisch brachten.

„Was ist passiert?", fragte Erin und blickte auf den Bruch hinunter. Als langjährige Gastwirtin in Silverstone wusste Erin, dass ein solcher Bruch wahrscheinlich das Ende ihres bemerkenswerten Laufs bedeutete. Dass ein Trio von Abenteurern mit rotem Rang es so weit geschafft hatte, war unglaublich. Viele erfahrenere, größere und besser ausgerüstete

Gruppen waren bereits aus dem Turnier ausgeschieden, da die kumulierten Verletzungen und die Risiken mit jedem Kampf zunahmen. Wie es aussah, war nur noch ein Tag im Turnier übrig, an dem vier Kämpfe angesetzt waren. In der Tat ein zermürbender letzter Tag. Sogar Erin, die sich normalerweise bei solchen Spektakeln langweilt, hatte vor, sich wenigstens ein paar anzusehen.

„Omrak entschied sich für einen Gegenangriff auf die Thyreophora", sagte Daniel mit einem Kopfschütteln.

„Es hat funktioniert!", protestierte Omrak und stöhnte, als Daniel den Nordländer nicht allzu sanft auf den Stuhl fallen ließ.

„Auf Kosten deines Beins!", fauchte Daniel zurück. „Du hast sie vielleicht mit deiner Ladung betäubt, aber jetzt bist du verletzt."

„Ich brauche nur etwas Heilung", protestierte Omrak.

„Es ist ein großer Knochen!", schnauzte Daniel, dann holte er tief Luft. „Gebrochene Knochen sind nicht so einfach zu heilen. Die Heilzauber, die ich kenne, richten ihn nur ein bisschen gerade. Man könnte damit laufen, aber ein guter Schlag und man ist erledigt. Und das nächste Mal, wenn es bricht, könnte es zersplittern. "

„Du könntest …"

Asins Krallen gruben sich in Omraks Schulter, was den Riesen dazu brachte, den Mund zu halten.

Erin sagte nichts und verhielt sich weiterhin unbeteiligt an der Situation. Es war ihr klar gewesen, dass hinter Daniel und seiner Heilung mehr steckte als seine selbsterklärten Heilzauber. Sonst hätte die Gruppe unmöglich so gut zusammenpassen können, wie sie es getan hatte. Aber als Gastwirtin ging sie das nichts an. Abenteurer hatten immer Geheimnisse, egal ob es sich um einen mächtigen Zauber oder ein

Artefakt aus längst vergangenen Zeiten handelte. Das Wichtigste war, dass es weder die Stadt noch ihr Gasthaus gefährdete. Alles andere ging sie nichts an.

„Ich werde mein Bestes tun", sagte Daniel, wandte sich ab und winkte mit einer Hand zum Abschied. „Ich gehe ein paar Kräuter holen."

„Oben?", sagte Asin und sah flehend zu Erin, die seufzte. Wenigstens aßen sie viel und bezahlten ohne Streit.

Eine Stunde später fand der junge Heiler Erin in der Küche, wo sie die Tassen und das Besteck für den abendlichen Ansturm vorbereitete. Schon jetzt war das Gasthaus überfüllt.

„Erin? Ich habe mich gefragt, ob ich etwas kochendes Wasser und einen Topf haben könnte?", fragte Daniel, eine Hand umklammerte einen Beutel mit Kräutern.

„Natürlich. Darla!", rief Erin und wies das Dienstmädchen an, bevor sie sich an Daniel wandte. „Warte einfach an der Bar. Sie wird es für dich herausbringen."

„Danke schön."

„Werdet ihr euch aus dem Turnier zurückziehen?", fragte Erin.

„Ich weiß es noch nicht", sagte Daniel und rieb sich das Kinn. „Wir wollen es nicht, aber morgen gibt es vier Kämpfe."

„Und eine weiterer Bruch würde deinen Freund dazu zwingen, eine echte Pause zu machen", beendete Erin. Wieder bemerkte sie etwas in den Augen des Jugendlichen, lehnte es aber ab, es zu kommentieren.

„Ja. Es ist ein Risiko", murmelte Daniel. „Meinst du, du könntest sie das für fünf Minuten ins kochende Wasser legen lassen?" Er hielt den Beutel mit den Kräutern hoch.

„Natürlich." Erin hob die Kräuter auf und ging in die Küche. Ein kurzer, neugieriger Blick hinein zeigte die übliche Kräutermischung, die sie erwartet hatte. Trotzdem ging Erin weiter und dachte über den Blick in Daniels Augen nach. Irgendwie bezweifelte sie, dass die Party morgen ausfallen würde. Vielleicht würde sie ein paar Münzen darauf setzen, dass sie das Turnier beenden würden.

***

„Halt still, du großer Brocken", knurrte Daniel, während er die Stöcke um Omraks Körper festzog. „Dein Schwert in sein Maul zu stecken und es zu erzürnen …"

„Muss ich das trinken?", beschwerte sich Omrak, als der Schmerz nachließ.

„Ja. Es wird den Heilungsprozess unterstützen. Es wird meiner Gabe auch etwas geben, worauf sie zurückgreifen kann, wenn ich sie später benutze."

„Aber es schmeckt wie Roc-Kot!"

„Dann hör auf, solche Risiken einzugehen", schnauzte Daniel und hielt dann fast sofort eine

Hand hoch. „Sorry. Nicht fair. Wenn du ihn nicht angegriffen und ihm dein Schwert ins Maul gestoßen hättest, hätten wir nicht gewonnen. Diese Rüstung war lächerlich."

„Entschuldigung akzeptiert, natürlich, Held Daniel. Aber du bist ungewöhnlich aufgebracht."

„Besorgt", antwortete Asin für Daniel.

„Morgen wird es uns gut gehen", sagte Omrak und legte eine Hand auf Daniels Schulter.

„Dumm. Nein. Gabe."

„Asin hat recht. Wenn ich meine Gabe bei dir einsetze, nun, ich fürchte, einige Leute könnten es erraten", sagte Daniel.

„In Wahrheit, Held Daniel, verstehe ich deine Angst in dieser Angelegenheit nicht", sagte Omrak.

„Hm. Na ja, wenn du denkst, dass die Gilden jetzt hartnäckig waren, werden sie noch hartnäckiger sein, wenn sie merken, was meine

Gabe bewirken kann", sagte Daniel. „Aber es ist nicht nur das. Lords und Ladys, reiche Kaufleute und weniger schmackhafte, aber mächtige Individuen – sie alle würden sich dafür interessieren. Die Fähigkeit, fast alles heilen zu können …"

„Mächtig", sagte Asin leise. „Könige. Königinnen. Jeder."

„Genau", sagte Daniel, dunkle Schatten in den Augen, als er sich an seine Vergangenheit erinnerte.

„Ah. Und die Kosten für dich wären für sie eine Bagatelle", sagte Omrak. Als er dann auf sein Bein hinunterblickte, spannten sich seine Lippen, bevor er sich entschied. „Sprich deinen Heilzauber. Ich werde mich bemühen, vorsichtiger zu sein."

„Das wird nicht passieren", sagte Daniel und lehnte das Angebot sofort ab. „Entweder wir lassen den Kampf ausfallen und lassen dich richtig heilen, oder wir machen es richtig. Du wirst nicht mit einem Streichholzbein da rausgehen.“

„Held Daniel …“

„Richtig“, sagte Asin, legte eine Hand auf Omraks Schulter und schüttelte den Kopf, als er weiter zu protestieren versuchte. Omrak seufzte und senkte den Kopf, bevor er eine Grimasse schnitt, als Asin ihm die giftige Kräutermischung an die Lippen hielt. Wie auch immer die Entscheidung ausfiel, das Trinken der Mischung war der richtige Weg.

Kapitel 10

„Wir geben auf!", rief Daniel sofort, nachdem die Tür aufgerollt war und den Salamander-König und sein Trio von Wachen enthüllt hatte. Selbst auf der anderen Seite der Arena konnte er die Hitze spüren, die von dem Vierergespann ausging. Es gab nichts, was sie hatten, was die Salamander aufhalten konnte, bevor sie ankamen, und selbst wenn sie ihre Umhänge ausgerüstet hatten, waren sie dazu gedacht, plötzliche Flammenausbrüche aufzuhalten. Nicht die andauernde Hitze, die diese Kreaturen ausstrahlen. Lieber wegrennen als sterben.

Dahinter rollten die Türen auf, als Daniel und das Team sich zurückzogen. Gelegentlicher Spott brach aus, aber zum größten Teil blieb das Publikum still. Das war eine Dungeonstadt. Und wenn die meisten Zuschauer keine Abenteurer waren, so kannten sie doch jemanden, waren mit jemandem verwandt, der in diesem Geschäft tätig war. Sie wussten um die Gefahren, die das Abenteurertum mit sich brachte, und dass manchmal die richtige Entscheidung diejenige war, die einen zur Flucht zwang. Dennoch war es gut, dass es noch andere Teams zu sehen gab, denn die Menge richtete ihre Aufmerksamkeit auf Gruppen, die willig genug, mutig genug oder einfach geschickt genug waren, um es mit den Salamandern aufzunehmen.

„Wie viele sind das?", sagte Daniel fast rhetorisch, als die Dompteure die Salamander leise einsammelten und sie zurückdrängten, um auf das nächste Team zu warten.

„Zwei", antwortete Asin, als sie zurück in den Warteraum gingen. Das Trio war mürrisch, jeder dachte über den letzten halben Tag nach.

Die ersten paar Kämpfe an diesem Tag waren gut gelaufen. Oder zumindest so gut, wie man es erwarten konnte. Da sie ihre Netze aus Karlak mitgebracht hatten, war die Gruppe in der Lage gewesen, mit den Schattenkatzen in ihrem ersten Kampf einfach genug fertig zu werden und nur leichte Verletzungen zu erleiden. Genug, dass Daniel nur Asin mit einem *Zeichen des Heilers* versehen musste. Omrak hingegen musste verletzt in den nächsten Kampf gehen, und Daniel war vorsichtig, den Körper des Nordländers nicht zu sehr zu belasten.

Der zweite Kampf des Tages war anstrengender, da die Gruppe von dem Laksha – einer gehörnten, affenähnlichen Kreatur mit Flügeln und grobem braunen Fell, das eine Schutzschicht auf seinem Körper bildete – bis zum Äußersten getrieben wurde. Das Monster war, trotz seiner Größe von zwei Metern, flink und gerissen. Flügelschläge drängten Asin zurück, wenn sie versuchte, ihm in den Rücken zu fallen, während plötzliche Ausfallschritte und seine Klauen sich in sein Ziel bohrten. Wenn es sich umzingelt fühlte, flog das Monster wieder in die Höhe. Nur weil die Kreatur nicht in der Lage war, längere Zeit in der Luft zu bleiben, konnte das Team es nach einem langen Kampf endlich zur Strecke bringen.

Nun saß das Trio in dem bis auf sie leeren Warteraum. Alle anderen Teams hatten entweder versagt, waren ausgestiegen oder in ihren eigenen Raum umgezogen. Ohne ein Wort überprüfte Daniel leise all ihre Verbände und zwang die Gruppe, die mitgebrachten Kräutermittel zu trinken, bevor er sich selbst setzte. Während seine eigenen Wunden schmerzten, hatte er im Stillen viele der tiefen Verletzungen verschlossen. Ein Vorteil, wenn man seinen eigenen Körper und seine Gabe besser versteht als jeder andere – er konnte es sich leisten, sich mit geringeren Konsequenzen zu kurieren. Und trotzdem …

Ein Kuss. War es sein erster Kuss? Es war der erste, an den er sich erinnern konnte, aber sicher hatte Lorelei ihn schon vorher geküsst. Oder er sie. Da waren sie, versteckt hinter dem Geräteschuppen, und knutschten, während ihr Vater seinen Verdienst versoff. Er konnte fühlen, wie diese Erinnerung verschwand, ein halb erinnerter Moment, der an seinem Herzen zerrte, als er ihm entglitt.

„Gewinnen?", fragte Asin und sah die Gruppe an.

„Ich weiß es nicht, Heldin Asin", sagte Omrak mit gerunzelter Stirn. „Die Monster, denen wir begegnet sind, waren sehr unterschiedlich. Ich muss annehmen, dass andere Gruppen ihre eigenen Herausforderungen hatten."

„Verloren. Zweimal", sagte Asin mit hängenden Ohren.

„Aye", stimmte Omrak zu.

„Die Spitzengruppe hatte seit gestern nichts mehr verloren", sagte Daniel leise und schüttelte den Kopf. „Ich dachte, wenn wir heute alle unsere Kämpfe gewinnen, haben wir vielleicht eine Chance. Aber …"

„Salamander. Böse", sagte Asin. „Richtig weglaufen."

„Ich weiß." Daniels Faust ballte sich, als er sprach. „Wenn wir eine Chance haben wollen, müssen wir den nächsten Kampf gewinnen."

Ein zustimmendes Gemurmel erhob sich von seinen Freunden. Freunde, für die er eine Menge geopfert hatte, Erinnerungen und Erfahrungen, seine Sicherheit. Es ärgerte ihn zu denken, dass es für nichts sein könnte – aber besser nichts als der Tod. Denn den konnte er nicht heilen.

***

„Und der DAO gegenüber steht ein Stamm rothäutiger Orks!", brüllte Jules. „Wie ihr gesehen habt, sind diese Orks aggressiv, bösartig und vor allem auf Blut aus! Sie werden ihr Leben für die Abenteurer geben. Die DAO sollten sich dieses Mal besser auf einen richtigen Kampf einstellen!"

„Orks." Daniels Lippen kräuselten sich, die Erinnerung an die verdammten Ungeheuer, denen sie gegenübergestanden hatten, kehrte zurück. Natürlich waren es grünhäutige Orks gewesen, Kreaturen, die *weniger* wild waren als die, denen sie jetzt gegenüberstanden. Rothäutige Orks waren dafür bekannt, Nomaden zu sein, Monster, die aufgrund eines vergangenen Streits aus den Orkstaaten verbannt wurden. Sie plagten beide Nationen mit ihrer Anwesenheit – sie griffen an, plünderten und belästigten auf andere Weise kleinere Siedlungen.

„Skills", sagte Asin besorgt, ein Messer in der Hand. „Armbrust."

„Einverstanden", sagte Daniel. Anders als zuvor hatte er die Armbrust in der Hand und bereits geladen. Dieser spezielle Armbrustbolzen sah anders aus als die anderen, mit einem bauchigen Kopf, in dem sich eine kleine Flasche mit Flüssigkeit befand. Es war einer seiner letzten explosiven Bolzen – der andere war benutzt worden, um mit den Thyreophora fertig zu werden.

„Ich werde Wache halten", sagte Omrak und kauerte sich hin, während er wartete. Um die Heilung seines Beins zu verdecken, hatte Omrak eine statischere Position eingenommen und hielt sich näher am Team, um die Wächter zu täuschen.

Als die Türen aufgerollt wurden, hob Daniel seine Armbrust. Dennoch hielt er sich mit dem Schießen zurück, bis die Orks in der Arena waren, denn er wusste, wenn er die Arena absichtlich beschädigte, würde er später dafür bezahlen müssen. Doch fast sofort stürmten die Rothaut-Orks auf die Gruppe zu, was Daniel dazu veranlasste, eilig den Abzug zu betätigen.

Die Armbrust verschob sich leicht, nicht viel, aber nur ein wenig, und anstatt in der Mitte der Gruppe zu treffen, explodierte sie zur Seite. Glücklicherweise erwischte die falsche Flugbahn einen der sieben rothäutigen Orks mit voller Wucht und die Trankflasche zerbrach beim Aufprall. In Sekundenschnelle dehnte sich die durch das Skill komprimierte Flüssigkeit aus, verteilte sich über den Ork und bespritzte einen anderen in seiner Nähe. Als der Trank mit der Luft in Berührung kam, ging er in Flammen auf und ließ den ersten Ork schreien und sich wälzen, während er den anderen unglücklichen Feind ablenkte.

„Verdammt", fluchte Daniel und musterte die Entfernung. Die Orks überbrückten die Distanz zu schnell, als dass er nachladen konnte, und so warf Daniel die Armbrust hinter sich und griff nach seinem Hammer an der Schlaufe an seinem Gürtel, während er auf Omrak zuging.

Asin begann, ihre Messer auszuschleudern, und zielte mit *Durchbohrender Schuss* auf einen schlankeren weiblichen Ork hinter ihr. Ein Brüllen, fast höhnisch, zwang die Augen des Trios, sich auf den massiven, anführenden Ork zu richten. Unwillkürlich stürzten sich Daniel und Omrak auf die Kreatur, Wut und Geschicklichkeit vernebelten ihr Urteilsvermögen. Sogar Asin richtete ihre Würfe auf sie, *Durchbohrende Schüsse* durchschlugen in schneller Folge einen hastig erhobenen Arm und den Magen.

„Stirb!", heulte Omrak, als er sein riesiges Schwert nach dem Monster schwang. Mit einem verächtlichen Schwung blockte der Ork den Angriff ab. Sein höhnisches Gesicht wurde etwas ernster, als ihre Klingen aufeinandertrafen und der Ork zurücktrat, als er mit der Kraft des jungen Nordländers fertig wurde.

„Wie er es gesagt hatte", knurrte Daniel, als er einem Schwertschlag eines anderen Orks auswich und den Panzer-Ork mit einem *Schildschlag* zurückwarf. Bevor er sich erholen konnte, landete ein erster Angreifer mit Dreads und einer gezackten Klinge einen Treffer in Daniels Schulter. Der Angriff glühte rot und spaltete sogar das Metall von Daniels Rüstung, aber zum Glück hatte der Schlag schon einen Großteil seiner Kraft verloren, als er sein Fleisch erreichte. Selbst dann noch öffnete sich Daniels Griff um seinen Hammer unwillkürlich, als der Schmerz seinen Arm hinunterschoss und der Riemen das Einzige war, was ihn am Fallen hinderte. Immerhin lenkte der Schmerz Daniels Gedanken in neue Bahnen.

Ein weiterer Hieb, diesmal ohne Kraft, fegte auf Daniel zu. Er wich zurück und blockte den Angriff mit seinem Schild ab, während er sich selbst mit *Kleine Heilung (II)* verarztete, die die Wunde teilweise schloss und es ihm ermöglichte, den Hammergriff wieder zu greifen.

„Zu mir!", brüllte Omrak und verspottete die Gruppe mit seinem Skill *Champion des Nordens*. Gezwungen, Omrak anzugreifen, wandten sich die Orks davon ab, Asin zu erreichen und Daniel anzugreifen, und richteten stattdessen ihre Aufmerksamkeit auf den Nordländer. Innerhalb von Sekunden begann das Blut zu fließen, da Omrak nicht in der Lage war, alle Angriffe zu stoppen.

Die Pause gab Asin jedoch einen Moment Zeit, um sich zu erholen, eine Pause, in der sie nach unten stürmte und einen Ork mit *Rückschlag* in Kombination mit *Knochensplitter* betäubte, wodurch das große Monster in die Knie ging. Asin hockte sich bereits über ihn, um ihn zu erledigen. Daniel, dem eine Gnadenfrist gewährt wurde, löste *Doppelschlag* aus und griff seinen eigenen abgelenkten Gegner an. Als der Ork sich erholte und zu Daniel zurückschwang, drehte sich der Abenteurer und schlug seinen Schild gegen einen Nachzügler, der die Flammen von vorher endlich gelöscht hatte. Leider schluckte der schildtragende Ork den Köder nicht, sondern konzentrierte sich weiter auf Omrak.

Ein Block und eine Riposte von Omrak öffneten die Brust eines Gegners, ein

Gegenangriff, der Omrak kostete, als der Panzer mit seinem Schwert seinen Kopf traf. Der Nordländer fiel zurück, Blut floss aus einem tiefen Schnitt, während er sein Schwert schwenkte, um die anderen Orks abzuwehren. Um den Nordländer herum pulsierte ein tiefrotes Licht, ein sicheres Zeichen für den Schaden, den er erlitten hatte, selbst als das Blut seine Beine hinunterlief.

Brüllend auf Orkisch stürzten sich der Panzer und seine drei Landsleute auf Omrak. Die Klinge des Riesen wurde von einem der Orks aufgefangen und festgehalten, während die anderen ihn abstechen wollten. Anstatt zurückzuweichen, blitzte Omrak die Monster mit einem blutgetränkten Grinsen an, als er *Ruf des Blitzes* auslöste und Elektrizität aus seinem Körper tanzte, um alle vier seiner Gegner zu treffen.

Nachdem er seinen eigenen Gegner zu Boden geschlagen hatte, drehte sich Daniel ein wenig zu spät um. Unerwartet, in Eisen gehüllt, sprang Omraks Geschick auf ihn zu, elektrisierte den Heiler und ließ ihn zu Boden fallen. Aus dem Augenwinkel sah Daniel, wie Asin frustriert zischte, bevor sie sich auf einen der geschockten Orks stürzte.

Als Daniel wieder zu sich kam, waren alle Orks bis auf einer am Boden – der riesige Panzer. Doch statt Omrak, der dem rothäutigen Ungetüm gegenüberstand, war es Asin. Omrak lag auf dem Boden, umklammerte seine Brust und lief blau an. Daniel zauberte erneut eine *Kleine Heilung (II)* auf seinen Freund und drückte sich auf die Beine, nur um zu sehen, wie Asin einen Schlag mit der Rückhand auf den Körper bekam, der sie von den unsichtbaren Arenawänden abprallen ließ.

„Nein …" Daniel sprintete vorwärts, den Kopf tief gesenkt, als er das Monster in die Knie zwang, kurz bevor es seine Klinge herunterschwang. Selbst dann hörte er noch einen Schmerzensschrei von Asin, bevor die beiden zusammen auf den Boden krachten.

Bald kämpften die beiden um die Kontrolle, Daniels kleinerer und kompakter Körper, der in eine Rüstung gekleidet war, drückte auf den größeren und stärkeren Ork. Doch die Lektionen, die Angie ihm beigebracht hatte, erwiesen sich als nützlich, und seine neuen mageren Skills reichten aus, um den Ork davon abzuhalten, aufzustehen. Kraft schlug jedoch Geschicklichkeit, und Daniel wurde schließlich zur Seite geworfen, der Riese mit einer Hand auf dem Boden, während er nach seiner Waffe suchte.

Zischend tauchte Asin von hinten auf, stieß ihr Messer in die Spitze der Handfläche und drückte das Monster zu Boden. Ein weiteres Messer zielte auf seine Kehle, aber der Panzer schlug Asin zur Seite und ließ die Catkin umherschleudern. Es war genug Zeit für Daniel, sich zu erholen, genug Zeit für ihn, um mit *Perins*

Schlag und dann einer Kombination anderer Skills auf das gefangene Monster einzuschlagen. Letztendlich starb das Monster, als Daniel seinen Schild hob, um erneut zuzuschlagen.

Mit einem Seufzer der Erleichterung sackte Daniel auf den Boden, Erschöpfung überkam ihn. Zu viele Einsätze seiner Skills wurden in den letzten Sekunden unbedacht vergeudet. Ein törichter Zug, der nirgendwo anders als in der Arena stattfand. Als Daniels Atmung langsam zurückkehrte und das Pochen des Blutes in seinen Ohren nachließ, erkannte der Abenteurer, dass er Wellen von Gebrüll hörte, Gebrüll der Zustimmung.

„Wir haben gewonnen", sagte Omrak, während er herüberhumpelte, ein Bein – das falsche Bein – von einer Schnittwunde hinter sich herschleifend, die Hand über die Rippen geklemmt.

„Ja", antwortete Asin, während sie sich mühsam aufsetzte. An einem Arm blutete immer noch ein tiefer Schnitt, den sie festhielt, das Blut sammelte sich und tropfte von ihren Fingern. Mit einer Grimasse goss Daniel mehr Mana in seine Heilzauber und ließ sie zuerst auf Asin wirken, bevor er die beiden näher zu sich winkte, damit er sie berühren und das *Zeichen des Heilers* wirken konnte.

Wieder einmal, überlegte Daniel, als sie unter den Freudenschreien und dem Gebrüll der Menge langsam aus der Arena taumelten, hatte er es geschafft, dem größten Teil des Schadens zu entgehen. Vielleicht sollten sie in eine stärkere Rüstung für Omrak investieren.

Kapitel 11

„Es tut mir leid", sagte Jules, als er den Warteraum der Gruppe betrat, in den sie zurückgekehrt waren, um ihre ausrangierte Ausrüstung abzuholen. Zu erschöpft, um sie für die Preisverleihung zu tragen, hatte das Trio ihre Ausrüstung hier abgelegt, nachdem sie wiederholt versichert hatten, sich um sie zu kümmern, und versprochen hatten, sie zu reinigen und sogar zu reparieren. Es war ein zu gutes Angebot für die Gruppe gewesen, um es abzulehnen, und so hatten sie unbewaffnet und ungepanzert an der Zeremonie teilgenommen.

„Ihr wart sehr nah dran. Aber die anderen fünf Teams, die vor euch lagen, haben es geschafft. Nachdem zwei nach den heutigen Kämpfen nicht mehr wählbar sind und ihr das dritte Team wart", zuckte Jules mit den Schultern. „Nun, es gibt nur zwei Plätze. Und beide Teams haben wirkungsvolle Heiltränke verwendet, um sicherzustellen, dass sie völlig unverletzt sind. Was man von euch, fürchte ich, nicht behaupten kann." Bei Letzterem schickte Jules einen starren Blick zu Omrak, der unter der Musterung errötete. „Trotzdem habt ihr die beste Leistung von allen Teams im roten Bereich gezeigt. Wie ich höre, werdet ihr hochgestuft, sobald ihr in die Gilde zurückkehrt."

„Danke", sagte Daniel und tat sein Bestes, um seine Enttäuschung zu verbergen. Es war nicht die Schuld des Ringmeisters. Er leitete schließlich nur die Kämpfe. Trotzdem tat es weh es, das Finale so knapp zu verpassen.

„Ihr könnt davon ausgehen, dass eine große Anzahl von Gilden jetzt hinter euch her sein werden", sagte Jules. „Nach einer solchen Leistung könnte jeder von euch jeder Gilde beitreten, in die er möchte. In manchen Fällen zu sehr großzügigen Bedingungen."

„Ich weiß", sagte Daniel und winkte die Worte ab.

Jules Lippen pressten sich für einen Moment zusammen. „Gut, ihr könnt gerne noch ein wenig auf eure Ausrüstung warten, aber sobald sie eintrifft, wären wir euch dankbar, wenn ihr das Gelände räumen könntet. Wir haben noch zwei weitere Turniere zu erledigen.“

„Natürlich“, sagte Daniel. Mit ein paar weiteren Verabschiedungen ließ der Ringmeister das Trio in mürrischer Stille sitzen. Eine frustrierte, mürrische Stille.

***

Später am Abend fand Nicole das Trio von Abenteurern sitzend vor, während sie ihre Getränke mit einem neuen Catkin zu sich nahmen. Die Gildenmeisterin seufzte und gab Emma und Sara ein Zeichen, ihr zu folgen. Emma schnitt eine Grimasse, aber Sara hüpfte hinüber, um Omrak eine tröstende Umarmung zu geben. Sofort hellte sich der Nordländer bei ihrer Anwesenheit sichtlich auf.

„Kopf hoch", sagte Nicole und ließ sich auf den Stuhl neben ihnen fallen. „Du hast doch noch deine Preise bekommen, oder?"

„Fünfter Platz", sagte Asin und rümpfte die Nase, wobei ihre Schnurrhaare zuckten.

„Das war eigentlich eure Platzierung", sagte Emma bissig. „Ihr habt nur deshalb den dritten Platz bekommen, weil die anderen beiden Teams zu verletzt waren."

„Das wissen wir", sagte Daniel und schüttelte den Kopf. „Es ist nur enttäuschend."

„Natürlich, das ist es. Vor allem, weil du dich entschieden hast, deine Gaben zur Schau zu stellen", schnaubte Emma. „Schummelnder Heiler."

Nicoles Augen verengten sich leicht, als sie bemerkte, wie Daniel und Omrak bei der Erwähnung des Wortes Gabe zusammenzuckten, aber sie erholten sich beide fast sofort wieder. Es ging so schnell, dass sie es vielleicht gar nicht bemerkt hätte, wenn sie nicht darauf geachtet hätte.

„Wir waren nicht die Einzigen", sagte Daniel und runzelte die Stirn. „Ich habe mindestens sieben andere Teams gezählt …"

„Elf", sagte Nicole. „Es gab elf Teams in der dritten Stufe, die Heiler hatten. Davon waren drei Schamanen und Ärzte, die beschleunigen, aber nicht magisch heilen können."

Daniel nickte bei ihren Worten, während Omrak, der an der Seite saß, die Augen vor Schreck geweitet hatte. Asin schnaubte leicht, rollte ihren Kopf noch einmal an Tevfiks breite Brust und rieb ihre Wange daran.

„Es ist das, was wir dir vorhergesagt haben, Daniel", knurrte Tevfik leise. „Heiler sind selten. Priester sind natürlich die besten, aber so wenige von ihnen sind Teil eines Abenteurerordens. Diejenigen, die verfügbar sind, werden oft sofort zu höherrangigen Teams hinzugefügt."

„Genau", sagte Nicole. „Deshalb solltest du einer Gilde beitreten. Wir könnten dich sofort in unser Sekundärteam aufnehmen, und du bekämst die Chance, Artos zu besuchen. Selbst wenn du nicht das richtige Level hast, bin ich sicher, dass wir sie überzeugen können. "

„Und meine Gruppe?", fragte Daniel und blickte zu seinen Freunden.

„Nun, sie können nicht nach Artos kommen, aber danach können sie sich anschließen. Wir werden dann noch weitere Mitglieder in dein Team aufnehmen wollen, aber das ist doch keine große Sache, oder?", sagte Nicole mit einem Lächeln. „Wir haben wirklich vielversprechende Abenteurer, darunter einen Magier, der dieses Jahr zu uns gestoßen ist."

„Ihr seid nicht die einzige Gilde mit tollen Kandidaten", mischte sich Tevfik ein und warf Nicole einen Blick zu. „Wir sind keine kleine, abgeschottete Gilde wie andere. Und du hast bereits Freunde in unserer. Wir lassen dir sogar die Wahl, wenn du mehr Leute in deinem Team haben willst. Wir bitten nur darum, dass du uns bei einigen der schweren Verletzungen hilfst. Der Gildenmeister sagt, wir können entweder ein Gehalt oder Akkordarbeit für deine Hilfe machen."

„Du wärst ein Narr, wenn du eine dieser kleinen Gilden nehmen würdest", unterbrach Gadi die Gruppe, die Hände in die Hüften gestemmt. „Seven Stones ist eine der größten Gilden im Land. Im Gegensatz zu anderen haben wir sogar Niederlassungen in anderen Städten. Das bedeutet freie oder billige Unterkunft, Ausbildungsmöglichkeiten, vergünstigte Einkäufe bei angeschlossenen Händlern und Schmieden und sogar einen Notfallfonds. Frag doch mal deine Freunde, wie viel sie anbieten können."

Sowohl Nicole als auch Tevfik verstummten bei Gadis Aufzählung von Vorteilen und blickten auf den Tisch oder weg von Daniel. Das war Antwort genug für den jungen Abenteurer. Doch, bevor er ein weiteres Wort sagen konnte, unterbrach ihn eine träge, fast gelangweilte Stimme.

„Ach, komm schon, Gadi. Es ist ja nicht so, dass die Seven Stones die größte Gilde sind." Der Sprecher trat hinter Gadi hervor, der unbewusst für den älteren Mann zur Seite trat. Bekleidet mit einer Weste, einem Hemd mit weiten, schlaffen Ärmeln und einer engen Lederhose, trug der Sprecher einen Ziegenbart und ein Grinsen, als er erst Asin und dann dem Rest des Teams die Hand reichte. „Monsieur Labeau. Gildenmeister der Burning Fields. Vielleicht habt ihr schon von uns gehört."

„Gildenmeister der Silverstone-Niederlassung", murmelte Gadi.

„Oh, ja, offensichtlich." Labeau warf Gadi einen verächtlichen Blick zu. „Ich bin sicher, Daniel und seine Freunde haben das verstanden."

„Das haben wir", sagte Daniel, dessen Kehle plötzlich trocken war. Seinen Freunden ging es nicht viel besser. Mit großen Augen starrten sie Labeau und das leuchtende, verzauberte Abzeichen an seiner Weste an. Sogar ihr Gildenabzeichen war besser, verschnörkelter. Es war kaum zu übersehen, dass er von den Burning Fields sprach, der größten und berühmtesten Gilde in Brad. Sie hatten mehr Fortgeschrittenen- und Meisterklassen-Gruppen als jede andere Gilde. Sie hatten den Nekrosenschwamm-Dungeon und die Knochenebene gesäubert, die Ebenen kartiert und erforscht, um die definitiven Guides zu schreiben. Sie waren die Gilde, die den legendären Krieger Hernando Masquez und die Magierin Cher beherbergte.

„Gut, ich muss sagen, ich war beeindruckt von deinem Auftritt. Du hast Mumm und ein gewisses Verständnis für deine Skills. Mit dem richtigen Training, Unterstützung und

Ausrüstung würde ich erwarten, dass du dich gut entwickelst", sagte Labeau. Eine Hand tauchte in seine Tasche und zog einen kleinen hölzernen Zettel im gleichen Design wie sein Abzeichen heraus. „Ich würde mich freuen, mit so begabten Menschen wie euch allen zu sprechen. Zeigt einfach dieses Abzeichen, wenn ihr kommt."

„Danke, Held Labeau", grummelte Omrak, nahm das Geldstück und steckte es ein. Labeau lächelte sie alle an, bevor er sich abwandte, um hinauszugehen. Als er ging, wurde die Gruppe etwas leiser, da die plötzlichen Aktionen des Abenteurers die Gruppe erschreckten.

„Willst du sie nicht mehr für dich gewinnen?", rief Emma spöttisch zu Gadi, als er sich zum Gehen abwandte.

„Was soll das bringen? Die verdammten Burning Fields sind interessant. Jeder geht zu ihnen", sagte Gadi und verzog das Gesicht zum Spucken. Er hielt inne, als er Erin erblickte, und schluckte vorsichtig. „Sei einfach vorsichtig. Bei so einer großen Gilde verirrt sich jemand Talentiertes wie du sehr leicht."

„Ist das nicht unser Satz?", sagte Tevfik mit einem halben Lächeln, während er Gadi beobachtete, wie er davonstapfte. Ein paar Augenblicke später kam Erin an ihren Tisch mit Bechern voller Bier.

„Ihr habt noch viel mehr Besucher, aber ich habe sie hingehalten. Ich dachte mir, ihr wollt etwas Ruhe haben, aber ihre Visitenkarten liegen alle hinter dem Tresen. Ich würde empfehlen, dass ihr bald anfangt, mit ihnen zu reden – ich führe ein Gasthaus, kein Gesellschaftshaus", sagte Erin und lächelte.

„Danke, Erin", sagte Daniel, der kurz darauf von seinen Freunden gegrüßt wurde. „Wir wollen nur in Ruhe trinken. Wenigstens für heute."

„Gut, dabei können wir euch helfen", sagte Nicole und grinste. „Na ja, ein bisschen. Wir haben ja bald alle unsere eigenen Spiele."

Omrak starrte, machte dann ein Gesicht und nickte den Gildenmitgliedern zu. „Wir entschuldigen uns. Das ist uns entfallen, aber es ist wahr. Wir wünschen euch viel Glück."

„Danke, Omrak", sagte Nicole, die kurz darauf von den anderen gegrüßt wurde. Sara, die sich um Omraks Arm geschlungen hatte, kicherte nur leicht.

„Ein Toast also auf zukünftige Siege!", bot Tevfik an und hielt seinen Becher hin.

„Auf zukünftige Siege."

„Siege."

„Hört, hört!"

Daniel lächelte leicht, als er seinen Becher leerte, ihn abstellte und seinen Blick über den Tisch schweifen ließ. Vielleicht war es gar nicht so schlecht, zu verlieren. Sie hatten Freunde, Angebote und ja, zwei Dungeons, die sie noch beenden mussten. Vielleicht war es ja doch nicht so schlimm.

***

Als die anderen später am Abend gegangen waren und das Team auf den Dachboden zum Ausruhen zurückgekehrt war, fand Daniel Asin, die ihn mit ihren großen jadefarbenen Augen anstarrte.

„Was?"

„Geh. Artos", sagte Asin und deutete auf Daniel.

„Ich müsste einer Gilde beitreten", sagte Daniel und schüttelte den Kopf. „Und das könnte bedeuten, euch zu verlassen."

„Vielleicht", sagte Asin achselzuckend und zeigte dann nach draußen. „Oranges Team. Kein Heiler."

„Ah …" Daniel hielt inne und dachte darüber nach. Es stimmte. Und dieses Team hatte noch vier andere. Vielleicht würden sie sie als Ergänzung aufnehmen. Doch etwas störte

Daniel. „Willst du dich Tevfik nicht anschließen?"

Asin erstarrte, ihr Schwanz hörte sogar auf zu schwingen. Langsam begann er wieder, als Asin leise antwortete. „Schön. Aber Daniel Freund. Gabe. Daniels Wahl."

„Das ist …" Daniel hielt inne und fühlte sich plötzlich peinlich berührt von dem Vertrauen, das ihm entgegengebracht wurde. „Ich danke dir."

Asins Achselzucken war alles, was sie als Antwort gab, und die Catkin steuerte auf die verhangene Ecke zu, um sich umzuziehen. Daniel seufzte und legte sich wieder hin, während er über ihre Worte nachdachte. Mit einer Geste warf Daniel schließlich einen Blick auf die Benachrichtigungen, die sich im Laufe des Tages angesammelt hatten. Die ersten waren nur mäßig interessant, Skillsteigerungen durch eine Vielzahl von Kampfskills. Bessere Optionen für Schild, Streitkolben und

Kampfsinn, besseres Ausweichen. Frustriert zuckte Daniel mit den Händen, als er sie alle wegwischte, bevor er die letzte Benachrichtigung fand. Wie er erwartet hatte – er hatte ein Level dazugewonnen. Mit einem Lächeln stellte Daniel seine Attribute ein und überprüfte seine Skills. Im nächsten Level würde er einen weiteren Skill gewinnen.

Name: Daniel Chai (Fortgeschrittener Rang Abenteurer)

Klasse: Level 11 Abenteurer (02 %)

Unterklassen: Stufe 7 (Bergmann) (2,5 %)

Mensch (männlich)

Statistik

Leben: 311

Ausdauer: 311

Mana: 229

Attribute

Stärke: 29

Beweglichkeit: 25

Verfassung: 31

Intelligenz: 24

Willenskraft: 20

Glück: 16

Skills

Waffenloser Kampf: Level 8 (07/100)

Keulen (Novize): Level 6 (37/100)

Bogenschießen: Level 3 (01/100)

Schild (Novize): Level 4 (24/100)

Ausweichen (Neuling): Level 1 (17/100)

Kampfsinn (Anfänger): Level 2 (48/100)

Wahrnehmung (Novize): Level 2 (19/100)

Bergbau: Level 7 (78/100)

Heilen (Neuling): Level 2 (98/100)

Kräuterkunde: Level 3 (48/100)

Schleichen: Level 2 (34/100)

Kochen: Level 4 (13/100)

Singen: Level 2 (14/100)

Skillfertigkeiten

Doppelschlag

Schildschlag

Perins Schlag

Schwachstelle finden

Kartografie (II)

Inventar (Abenteurer Spezial)

Zaubersprüche

Kleine Heilung (II)

Zeichen des Heilers (I)

Gaben

Berührung des Märtyrers – Der
Zaubernde kann sich selbst oder andere

> durch Berührung und Konzentration heilen und opfert dafür einen Teil seines Lebens. Die Kosten variieren je nach Ausmaß der geheilten Verletzungen.

Daniel seufzte und sah sich seine Gewinne an. Es schien so schleppend voranzugehen, aber wenn man bedenkt, dass es erst ein paar Monate her war, seit sie Karlak verlassen hatten, war es eine anständige Menge an Erfahrung. Es war unwahrscheinlich, dass er diese Art von Fortschritt fortsetzen konnte – der Dungeon-Bonus von Peel, die neuen Monster, die sie bekämpften, waren alles kurzfristige Zugewinne. Jetzt würde er wieder zum langsamen Schuften zurückkehren. Bei dem Gedanken an das Schuften und an Artos schlief Daniel langsam wieder ein. Vielleicht. Vielleicht konnten sie einen Weg hinein finden …

Kapitel 12

„Du bist der Heiler, nicht wahr?"

Es hatte Daniel einen halben Tag gekostet, die Gruppe am nächsten Morgen aufzuspüren. Es war nicht so, dass sie besonders schwer zu finden waren, nur dass die Stadt besonders groß war. Die Tatsache, dass es drei Gasthäuser namens Bent Copper gab, hatte nicht geholfen. Daniels Beine schmerzten, er war müde und ein wenig mürrisch, nachdem er auf seiner Suche nach der Gruppe alle drei Gasthäuser aufgesucht hatte, sodass es ihn für einen Moment in Rage brachte, wenn der etwas korpulente Anführer der Gruppe so mit ihm sprach.

„Das bin ich", sagte Daniel.

Noch einmal musterte er die Gruppe und überlegte, was er über sie wusste. Gerardo Buchanan war der stämmige brünette Anführer, ein Nahkämpfer, der mit Schwert und Schild kämpfte. Wie Daniel hatte auch er eine verzauberte Waffe, aber seine fror die Monster bei Kontakt ein. Es waren seine Klinge und ihr

Fernkämpfer – Casey –, die mit den Salamandern fertig geworden waren. Caseys Bogen war ebenfalls verzaubert und konnte eine Vielzahl von verzaubertem Schaden anrichten, kostete aber angeblich Manasteine, um ihn zu aktivieren. Schweigend beobachtete ein dunkelhäutiger Mann in einer Robe mit einem Paar langer, dünner Schwerter an seiner Seite das Spielgeschehen. Daniel hatte Farhad in der Arena gesehen, wie er die Schwerter schwang und sprang, während er zuschlug. Es war nur zu schade, dass sie nicht verzaubert waren, obwohl es den Anschein hatte, dass zumindest seine Roben es waren.

Rita war ihre Späherin, die Version von Asin im Team. Von der Gruppe war die Helbing die freundlichste, sie lächelte Daniel an, während sie auf einem erhöhten Hocker saß und mit ihren winzigen Beinen müßig strampelte. Die Helbing war etwa so groß wie ein menschliches Kleinkind mit etwas mehr Kraft und deutlich mehr Koordination. Obwohl Helbings in der allgemeinen Bevölkerung ungewöhnlich waren – sie fanden das Leben in von Menschen und Beastkin gebauten Städten unangenehm –, stellten sie eine überraschend große Minderheit unter den Abenteurern dar. Zumindest im Vergleich zu ihrer Einwohnerzahl.

„Wir nehmen dich mit", sagte Gerardo schlicht. Farhad beäugte Daniel mit einem verächtlichen Blick, bevor er sich abwandte und an seinem Glühwein nippte.

„Verzeihung?"

„Du bist hier, um nach einem unserer drei Plätze zu fragen, richtig? Die maximale Gruppengröße ist sieben, vielleicht acht, hat man uns gesagt", antwortete Gerado.

„Oh. Ich schätze, ihr habt viele Anfragen bekommen?", fragte Daniel, die Lippen leicht zusammengepresst. Verdammt.

„Viele? So ziemlich den ganzen Vormittag", sagte Rita, ihre Stimme quietschend hoch. „Wir haben große und kleine Gilden, die uns Gold anbieten. Verdammt, sogar unser Gildenmeister wollte die Plätze reservieren."

„Ah …" Daniel verzog das Gesicht, als ihm klar wurde, dass ihre Gilde natürlich wollte, dass er anderen half. Es war schon unglaublich großzügig von ihnen, ihm einen Platz anzubieten.

„Problem?", fragte Gerardo und sah Daniels Gesichtsausdruck.

„Ich wollte mein Team mit deinem verbinden", antwortete Daniel, bevor er den Kopf schüttelte. Bei diesen Worten drehte sich Farhad um und sah ihn wieder an, auch wenn Daniel weiterredete. „Es tut mir leid, dass ich eure Zeit verschwendet habe."

„Warte. Du lehnst die Chance ab, Artos zu machen? Das verstehen deine Freunde doch sicher?", sagte Casey und wedelte mit der Hand. „Da soll es doch nur so von Monstern wimmeln.

Ich habe gehört, dass man in einem Durchgang fast fünfzig Gold verdienen kann!"

„Fünfzig? Ich habe gehört, es waren eher hundert", sagte Rita.

„Ich denke, das ist für das Team", sagte Casey mit einem Stirnrunzeln.

„Ich nehme trotzdem einen Hunderter für das Team", sagte Rita mit einem Lächeln. „So viel verdienen die Orangen und Gelben jetzt bei einem Lauf. Bei dem Betrag könnte ich sogar noch eine Verzauberung hinbekommen."

„Ich weiß, oder? Ich dachte an einen …"

Gerardo klopfte auf den Tisch, um seine beiden Freunde zu beruhigen, und rollte leicht mit den Augen über Daniel. Daniel gluckste, er hatte schon andere wie diese Gruppe getroffen und mit ihnen gesprochen. Es könnte sogar schön sein, Gefährten zu haben, die mehr als nur ein paar Worte auf einmal sprachen.

„Es tut mir leid, das kann ich nicht tun. Wir sind, na ja … ihr wisst schon, ein Team."

„Loyalität ist wichtig", sprach Farhad schließlich und seine Augen funkelten zustimmend. „In allen Dingen."

„Richtig …", sagte Daniel und beäugte den Abenteurer. „Gut, ich werde euch nicht länger stören. Ich danke euch für eure Zeit. "

„Wo wohnst du?", fragte Gerado und hielt Daniel auf, bevor er ging.

„Die Einsame Kerze", antwortete Daniel automatisch.

„Gutes Gasthaus", antwortete Gerado. Daniel zögerte noch einen Moment, aber da er keine Erklärung dafür bekam, warum Gerado fragte, winkte er zum Abschied und ging. Es war zumindest den Versuch wert gewesen.

***

„Held Daniel! Wir haben dich heute Morgen vermisst. Asin und ich sind losgezogen, um uns den Kampf in der Arena anzusehen und unsere

Belohnung abzuholen", sagte Omrak, während er einen kleinen Beutel zu Daniel hinüberschob. Der stämmige Abenteurer hob den Beutel sofort auf, bevor er ihn in sein eigenes Inventar schob. Die zehn Goldmünzen darin waren zwar kein großes Vermögen für einen Abenteurer, aber es war immer noch genug, um andere zu töten.

Dieser Gedanke ließ Daniel amüsiert schnauben. Vor etwas mehr als einem Jahr hatte er sich noch damit gequält, eine einzige Goldmünze zu sparen. Und jetzt dachte er darüber nach, wie unzureichend zehn waren. Aber bei den Anforderungen für besser verzauberte Ausrüstung, besseren Schutz, Zahlungen für Reparaturen und Training war das wirklich wenig.

„Ich bin nur durch die Stadt gelaufen. Ich habe mich nicht darauf gefreut, anderen Leuten beim Kämpfen zuzusehen", sagte Daniel. „Zu viel Gemetzel auf diesem Boden."

Asin warf Daniel daraufhin einen Blick zu. Die Catkin hatte genug Zeit mit ihm verbracht, um zu wissen, wie schlecht diese Ausrede war, dachte Daniel. Wahrscheinlich roch sie auch sein Ausweichen, soweit er wusste. Omrak hingegen grinste nur, zufrieden damit, die Antwort für bare Münze zu nehmen.

„Ah, das war schade", sagte Omrak. „Du hast viele große Schlachten verpasst."

„Wirklich jetzt? Wem sagst du das", sagte Daniel und winkte der Tavernenwirtin zu, um ein Ale und sein Abendessen zu bekommen.

Omrak brauchte keine Ermutigung und begann mit einer Geschichte über die Schlachten, die sie beobachtet hatten, und über sein eigenes Verständnis der Dinge. Bald bedauerte Daniel, dass er die Action verpasst hatte. Es schien, dass man vom Zuschauen wirklich eine Menge lernen konnte.

Vielleicht war das Wichtigste davon die Tatsache, dass ihre kleine Gruppe wirklich expandieren musste. Viele der Taktiken, die Omrak beim Beobachten gelernt hatte, funktionierten nur mit mehr Leuten. Fast ausnahmslos hatte jedes Team mit einem Heiler einen Zauberwirker in ihrer Mitte, wobei die Magier ihnen zahlenmäßig leicht überlegen waren. Auf den blauen und weißen Levels hatte fast ein Viertel der Teams Magieanwender in irgendeiner Form.

Teams im mittleren Bereich, die gelb- und grün-zertifizierten Teams, konnten eine Mischung von Mitgliedern haben, mischten aber oft ihre Klassen mehr. Jedes Team hatte mindestens einen, wenn nicht mehr engagierte Fernkämpfer. In Kombination mit einem Zauberer konnten sie ihren Gegnern oft erheblichen Schaden zufügen, bevor sie dazu kamen, Formationen aufzubrechen und ihren Teams in vielen Begegnungen einen Vorteil zu verschaffen.

„Tiermeister", unterbrach Asin Omraks enthusiastische Erzählung über ein weiteres Nahkampfteam.

„Oh ja! Da war ein Tiermeister drin. Er hatte eine Schattenkatze und ein Wildschwein, die für ihn arbeiteten. Es war unglaublich! Die drei haben es ganz allein mit der halben Skelettbande aufgenommen", schwärmte Omrak. „Sie haben sich seinetwegen fast so gut geschlagen wie das Führungsteam. Natürlich, der, ähh …"

„Fallensteller", überlieferte Asin.

„Er hat auch sehr geholfen. Sein Geschick, diese Draht- und Netzfallen so schnell auszulegen, war erstaunlich. Er hat ein weiteres Viertel der Horde aufgehalten, während der Rest seiner Freunde die anderen zerschlagen hat", sagte Omrak und schüttelte den Kopf. „Ich weiß nicht, ob sie in einem Dungeon nützlich wären, aber ich weiß, dass mein Dorf sich geehrt fühlen würde, einen so fähigen Fallensteller zu haben."

324

„Questoren", sagte Asin spitz als Erklärung. Daniel nickte und nahm sie beim Wort. Es ergab Sinn; ein Tiermeister und einen Fallensteller in der Wildnis mit einem Ranger wäre eine tödliche Kombination für wilde Monster. Nicht unbedingt das Team, das er in einen Dungeon bringen wollte – zumindest nicht solche wie Karlak oder Porthos mit ihren engen Korridoren.

„Meint ihr, wir brauchen mehr Leute?", fragte Daniel, als die beiden endlich zum Ende kamen und ihre Beschreibungen des Sortiments an verzauberten Waffen und erstaunlichen Skills endlich endeten. Wieder einmal wünschte sich Daniel, er wäre dabei gewesen – Pfeile, die kreischten, Zauber, die Ranken wachsen ließen und Sand so locker machten, dass Monster bei ihrem ersten Schritt einsanken, ein Schild, der Licht so hell reflektierte, dass es Gegner betäubte, und eine Rüstung, die ihren Träger in Eis hüllte –, all das klang unglaublich.

„Es scheint weise zu sein. Ich fürchte, unsere Gruppe ist nicht ausreichend", sagte Omrak. „Obwohl du dich bemüht hast, deine Armbrust zu schwingen, ist sie für unsere Bedürfnisse unzureichend."

Daniel duckte sich daraufhin mit einer Grimasse. Die Waffe war langsam, unhandlich und in den meisten Fällen nur für einen einzigen Schuss gut. Sie war besser als nichts und konnte, wenn sie Glück hatten, einen einzelnen Gegner ausschalten. Aber sie war unzureichend.

„Magier", sagte Asin und klopfte sich auf die Brust.

„Du bist ein Magier?" Das ergab für Daniel offensichtlich keinen Sinn, aber es schien das zu sein, was sie behauptete.

„Nein. Ich will Magier", stellte Asin klar.

„Oh. Tun wir das nicht alle?", sagte Daniel mit einem halben Lächeln. Aber Magier waren schwer zu finden – fast so selten wie Heiler.

Der Blick, den Asin Daniel zuwarf, war voller Mitleid. Die Catkin wartete ruhig darauf, dass der stämmige Abenteurer verstand.

„Oh …“ Daniel hielt inne. „Sie würden sich uns anschließen wollen, weil wir einen Heiler haben, oder?“

Asin nickte zufrieden, beugte sich dann aber dicht vor und flüsterte ein einziges Wort. „Gabe.“

Daniel seufzte, als er sich zurücklehnte. Wieder einmal kam es auf seine verdammte Gabe an. Es war der Grund, warum sie so eine kleine Gruppe hatten, warum sie nicht nach mehr gesucht hatten. Omrak aufzunehmen war ein Moment der Freundlichkeit gewesen, ihn von Daniels Gabe wissen zu lassen, war erst nach Wochen der Zusammenarbeit geschehen. Zum Glück war es selten, dass sie seine Fähigkeit wirklich brauchten. Vielleicht konnten sie das wieder tun.

Aber eine Beziehung, vor allem eine, die so sehr auf Vertrauen beruhte wie die ihre, mit einer Lüge – oder zumindest einer Halbwahrheit – zu beginnen, war kein guter Anfang.

„Ich denke, wir werden es riskieren müssen", sagte Daniel schließlich und war froh, dass seine Freunde zu demselben Schluss gekommen waren wie er. „Schon bald werden wir mehr Hilfe brauchen."

Nachdem die Entscheidung gefallen war, stürzte sich das Trio auf das Essen. Vielleicht schon bald würden sie kein Trio mehr sein.

***

In der Abenteurergilde war es am nächsten Morgen überraschend ruhig. Es schien, dass die Anziehungskraft des Turniers viele der Abenteurer weiterhin beschäftigte. In der Stille war Daniel einmal mehr von der schieren Größe des Gebäudes beeindruckt. Selbst mit einem großen Teil, der für den Tresorraum und andere Lagerbereiche gesperrt war, war das Gebäude immer noch doppelt so groß wie eine typische Scheune. Da nur wenige Abenteurer kamen, standen die Angestellten in kleinen Gruppen herum und nutzten den seltenen Moment der Muße, um zu tratschen und sich auszutauschen.

„Verzeihung?", sagte Daniel, als er sich einem der besetzten Schreibtische näherte, an dem ein junger Angestellter seinen Papierkram bearbeitete.

„Ja?"

„Ich habe mich gefragt, wohin ich gehen soll, um über die Eröffnung einer Gruppe zu posten?"

„Falscher Raum. Es ist im Quest-Teil. Da ist eine Tafel", antwortete die gelangweilte Stimme des Schreibers sofort, ohne von seinem Papierkram aufzuschauen.

„Danke", sagte Daniel, drehte sich um und ging los. Er ging keine drei Schritte, bevor eine Stimme rief.

„Daniel Chai?"

„Ja?", sagte Daniel und drehte sich um, um die Sprecherin anzusehen. Die ältere Frau, die Vorgesetzte des Schreibers, wenn Daniel sich richtig erinnerte, löste sich von der Gruppe, mit der sie gesprochen hatte.

„Der Gildenmeister möchte mit dir sprechen", sagte die Aufseherin. Sogar Daniel konnte den Titel in ihrem Wort hören.

„Mir?" Daniel quietschte fast. Er hatte zwar mit Liev in Karlak zu tun gehabt, aber das waren eben auch Liev und Karlak.

„Ja. Komm mit." Die Aufseherin drehte sich um und ging hinter die Tische, öffnete eine Tür und führte Daniel durch den Korridor. Neugierig schaute sich Daniel um, war aber größtenteils enttäuscht, wie fade und langweilig der Korridor war. Abgesehen von der Fülle an

Manalichtern sah der Korridor nicht anders aus als jeder andere, vielleicht mit mehr Türen im besten Fall.

„Sir, Abenteurer Chai", kündigte die Aufseherin Daniel an, als sie den Raum betraten, nachdem sie hereingebeten worden waren. Das Zimmer des Gildenmeisters war etwas interessanter, etwas mehr das, was Daniel an einem so sagenumwobenen Ort erwartet hatte. Ein Plüschteppich, von dem Daniel erkannte, dass er von einem Schreckensbär stammte, lag unter seinen Füßen, während an den Wänden zahlreiche Trophäen von Monstern hingen. Die Krallen einer sehr großen Schattenkatze, die Flügel eines Hippogreifs, der ausgestopfte Schlund eines Megakrokodils. An der Rückwand neben dem Fenster stand außerdem ein Bücherregal, das selbst aus dieser Entfernung vor Kraft strahlte. Und überall um ihn herum konnte Daniel die Verzauberungen spüren, die diesen Raum schützten und bewachten.

Der Gildenmeister selbst war ein kleiner Mann, mit dem Alter noch kleiner geworden. Eine Brille auf seiner großen, knolligen Nase umrahmte buschige weiße Augenbrauen und strähniges Haar. Doch selbst im Sitzen trug der Gildenmeister ein Gefühl von verborgener Gewalt in seinem Körper, das sein fleißiges und älteres Wesen kaum verbergen konnte.

„Gut. Komm herein, Abenteurer Chai. Oder darf ich dich Daniel nennen?", fragte der Gildenmeister und wies mit einer Geste auf den Platz gegenüber seinem mit Papier überladenen Schreibtisch. Daniel konnte sich beim besten Willen nicht an den Namen des Gildenmeisters erinnern – jeder bezeichnete den Mann bei den wenigen Gelegenheiten, bei denen er überhaupt angesprochen wurde, nur mit seinem Titel. Für Leute mit demselben Level wie Daniel könnte er genauso gut ein König sein für das, was er mit seinem Leben zu tun hatte.

„Daniel ist in Ordnung, Sir", sagte Daniel und nahm den angebotenen Platz ein.

„Gut, gut. Also, ich habe dieses Papier hier", murmelte der Gildenmeister und schob die Stapel ein paar Minuten lang vor sich her, bevor er aufgab. „Irgendwo. Ein Brief, in dem ich gebeten werde, ein Auge auf dich zu werfen. Gut, das ist nicht ungewöhnlich – du wärst überrascht, wie viele Adlige denken, ich sei hier, um auf ihren kostbaren Sohn oder ihre Tochter aufzupassen –, aber stell dir meine Überraschung vor, wenn er von einem vertrauten Kollegen kommt. Und dann auch noch mit dem Namen eines Abenteurers von einigem Renommee."

Danach hielt der Gildenmeister inne und wartete offensichtlich darauf, dass Daniel etwas sagen würde. Doch unsicher, wie er war, konnte Daniel nur schweigen. Es war offensichtlich, dass der Brief von Liev geschrieben worden war und wenn er sich nicht irrte, auch von Khy'ra.

„Also habe ich nachgeforscht. Und ließ meine Leute ein Auge auf dich werfen. In drei Wochen warst du fast die ganze Zeit im Dungeon", sagte der Gildenmeister und tippte sich an die Lippen. „Und dann war da noch diese Vorführung in der Arena."

Wieder dehnte sich das Schweigen aus, keine der beiden Parteien war bereit, sich zu rühren. Als Daniel sich immer noch weigerte, zu sprechen, lächelte der Gildenmeister leicht.

„Deine Gabe, sie ist sehr mächtig." Daniel zuckte leicht zusammen, bevor er sein Gesicht beruhigen konnte. Trotzdem wusste er, dass er sein Ass verspielt hatte. Nicht, dass der Gildenmeister nicht davon gewusst hätte. Schließlich gab es wahrscheinlich irgendwo einen Bericht über die Heilung des Meisters.

„Wie ich höre, hast du in der Vergangenheit schlechte Erfahrungen mit dem Adel gemacht", sagte der Gildenmeister leise und mit aufmerksamen Augen.

Diesmal konnte Daniel seine Überraschung nicht unterdrücken, als er herausplatzte: „Woher wusstest du das?"

„Wir sind die Gilde der Abenteurer, mein Junge", sagte der Gildenmeister mit einem Schnauben. „Es gibt nur wenig, was wir nicht lernen können. Mit deiner Erfahrung wäre ich auch vorsichtig. Und es ist kein Wunder, dass du danach ein Abenteurer werden willst. Wir haben ein gewisses Maß an Autonomie, das viele andere nicht haben."

„Das ist nicht der Grund, warum ich mich entschieden habe, ein Abenteurer zu werden, Sir", protestierte Daniel. Sicher, es hatte einen gewissen Einfluss auf seine Wahl, aber der Traum, die Welt zu sehen, sich in Dungeons herauszufordern und Monster zu besiegen, Ba'als Gift zu besiegen, das war schon als Kind sein Traum gewesen.

„Hmm … gut. Ich hasse diejenigen, die uns in die Arme laufen und denken, wir würden sie vor ihren Sünden beschützen. Wir sind Abenteurer und keine Feiglinge", antwortete der Gildenmeister. „Aber deine Gabe – du weißt, dass sie gemeldet werden wird. Die Tatsache, dass es so lange verschwiegen wurde, könnte in gewisser Hinsicht sogar als Verrat angesehen werden."

„Ich –"

„Ganz ruhig. Noch weiß es keiner." Der Gildenmeister zuckte mit den Schultern. „Es ist ja nicht so, dass schon jemand Wichtiges gestorben ist, den du hättest retten können. Aber es wird eine Zeit kommen, in der das passieren wird. Und wenn deine Gabe gebraucht wird, was wirst du dann tun?"

„Ich habe mich nie geweigert, die zu heilen, die in Not sind. Ich kann nur nicht … Ich kann kein ausgehaltener Mann sein. Nicht schon wieder", sagte Daniel und sah dem Gildenmeister in die Augen. „Ich weigere mich, herumzusitzen und darauf zu warten, dass sich jemand verletzt, und ich weigere mich, mein Mana oder meine Gabe einzusetzen. Es ist ein verschwendetes Leben …"

„Vergeudet, wenn du deinen König rettest?"

„Und wenn ich es nie muss?", schoss Daniel sofort zurück. „Keiner kann in die Zukunft sehen."

„Das reicht für mich", sagte der Gildenmeister abrupt und grinste. Er griff in seine Schublade, zog einen Ring heraus und warf ihn Daniel zu.

„Was …?"

„Es ist ein Signalring. Er ist erst aktiv, wenn wir ihn brauchen, damit er deine anderen Verzauberungen nicht beeinträchtigt. Wenn du gebraucht wirst, können wir dich damit finden."

„Ihr … legt mich an die Leine?", sagte Daniel langsam und starrte auf den Ring in seiner Hand.

„Betrachte es als eine Möglichkeit für uns, dich bei Bedarf zu kontaktieren. Im Gegenzug werden wir diejenigen besänftigen, die dich eingesperrt sehen wollen", sagte der Gildenmeister. „Es wäre allerdings einfacher, wenn ich wüsste, wie hoch der Preis für deine Gabe ist."

„Das …", begann Daniel und zuckte dann mit den Schultern.

Der Gildenmeister zog eine Grimasse, ließ das Thema aber fallen und fuhr mit der Hand noch einmal über den Tisch. „Noch eine Sache. Ich weise dir zwei weitere Mitglieder für dein Team zu. Einen Magier und einen Ranger." Daniels Augen weiteten sich und er fragte sich, woher der Gildenmeister von ihren Plänen wusste. Bei Daniels Reaktion blähten sich die Nasenflügel des Gildenmeisters. „Glaubst du, ich bin in meine Position gekommen, weil ich hinter einem Schreibtisch gesessen habe? Jeder Narr kann erkennen, was dein Team braucht."

Daniel hustete daraufhin und senkte verlegen den Kopf. Natürlich würde er genauso gut, wenn nicht sogar besser als sie wissen, was sie brauchten.

„Gut. Eine letzte Sache noch. Dein Team geht nach Artos."

„Wie …?"

„Gilden. Meister." Der alte Mann lachte, dann winkte er mit der Hand und entließ den jungen Abenteurer eindeutig. Daniel ging hinaus, verwundert und ein wenig verwirrt, aber allmählich mit wachsender Freude. Auch wenn er mehrfach gescheitert war, schien es, dass sie es doch noch nach Artos schaffen würden. Er konnte es kaum erwarten, seinen Freunden davon zu berichten.

Bei diesem Gedanken beschleunigte Daniel seine Schritte. Wenn er sich nicht beeilte, würde er das Turnier wieder verpassen.

Ende von Buch 4

Anmerkung des Autors

Wenn dir das Buch gefallen hat, hinterlasse bitte eine Rezension und Bewertung. Es ist nicht nur ein großer Ego-Boost, es hilft auch den Verkäufen und überzeugt mich, mehr von der Serie zu schreiben! Folge Daniels Abenteuern im nächsten Buch weiter:

- Das Band des Abenteurers (Buch 5 der Abenteuer in Brad)

Bitte schaue dir auch meine anderen Serien an, die System-Apokalypse (ein post-apokalyptisches LitRPG) und Verborgene Wünsche (eine Urban-Fantasy-GameLit-Serie):

- Das Leben im Norden (Buch 1 von Die System-Apokalypse Serie) https://books2read.com/das-leben-im-norden

- Eines Gamers Wunsch (Buch 1 von Verborgene Wünsche Serie) https://books2read.com/eines-gamers-wunsch

- Ein Tausend Li: Der Erste Schritt (Buch 1 von Ein Tausend Li Serie) https://books2read.com/der-erste-schritt

Weitere tolle Informationen über LitRPG-Serien findest du in den Facebook-Gruppen:

- Deutschsprachige LitRPG https://www.facebook.com/groups/deutsche.litrpg/

- Progression Fantasy-, Kultivations- und LitRPG-Romane auf Deutsch

Über den Autor

Tao Wong ist ein begeisterter Fantasy- und Sci-Fi-Leser, der seine Zeit mit Arbeiten und Schreiben im Norden Kanadas verbringt. Er hat viel zu viele Jahre damit verbracht Kampfsport in vielen Formen zu betreiben und nachdem er sich zu oft etwas gebrochen hatte, verbringt er nun seine Zeit damit, über Fantasy-Welten zu schreiben.

Wenn du ihn direkt unterstützen möchtest, hat Tao jetzt eine Patreon-Seite, auf der Previews all seiner neuen Bücher zu finden sind!

- Tao Wong's Patreon
  https://www.patreon.com/taowong

Für Updates zur Serie und seinen weiteren Büchern (und speziellen One-Shot-Geschichten), besuche bitte die Website des Autors: http://www.mylifemytao.com/

Tao Wong

Weitere Bücher von Tao Wong auf Deutsch: https://www.mylifemytao.com/foreign-language-editions/german/

Abonnenten von Taos Mailingliste erhalten exklusiven Zugang zu Kurzgeschichten aus den Universen Thousand Li und System Apocalypse.

Oder besuche die Facebook-Seite von Tao: https://www.facebook.com/taowongauthor/

Über den Herausgeber

Starlit Publishing ist in vollem Besitz von Tao Wong und wird von ihm betrieben. Es ist ein Science-Fiction- und Fantasy-Verlag, der sich auf die Genres LitRPG und Kultivierung konzentriert. Der Fokus liegt auf der Förderung neuer, aufstrebender Autoren des Genres, deren Schreiben die bestehenden Stereotypen herausfordert und gleichzeitig eine rasend gute Lektüre bietet.

Für weitere Informationen über Starlit Publishing: https://www.starlitpublishing.com/

Du kannst dich auch in die E-Mail Liste von Starlit Publishing eintragen, um über neue, spannende Autoren und Buchveröffentlichungen informiert zu werden.